JN160123

転換期を読む 34

倉橋健一◆著
陶原葵◆解説

中原中也

——その重きメルヘン

未來社

中原中也——その重きメルヘン★目次

暗くて大きな穴　5
『朝の歌』へ　36
身一點に感じられれば　68
昭和十年秋　99
その重きメルヘン　120

＊

長男の運命　148
邪悪な中也　155
読み手の自由のなかの中也——「読んじゃったよ、中也！」考（講演録）　162

卒寿に立って　185
［解説］極限に佇って湧きあがる言葉　陶原 葵　188

中原中也

——その重きメルヘン

装幀――伊勢功治

暗くて大きな穴

中原中也は散文の書けなかった人である。ここで散文とは、日記や手紙の類をふくめて、すべて、批評の分野までつつみこんだものを考える。しかしだからといって、それが中也の不名誉にはなるまい。批評（散文）のがわに徹底的に身を置いた小林秀雄を対極に置くことで、存在はむしろきわだったものにさえうつりはじめる。そして中也は、その書けなかった散文のなかへ、自分の詩の内側に執拗に沈んでいた覚醒された内面の、邪悪な世界のぜんぶを溶かしこもうとこころみた。溶かしこもうとこころみたのであって、最終的に表現されたもの――作品にしえたわけではなかった。すこし事情はちがうが、石川啄木の「歌は悲しい玩具である」という叫びを思ってみるのもよいだろう。そのときちょうど夫婦喧嘩をして妻に負けた夫が、理由もなく子供を叱ったり虐めたりするような一種の快感を、私はかって気ままに、短歌というひとつの詩形を虐使することに発見した、と書きつけたこともあった。このとき啄木は、鉛筆を紙の上に走らせるという、具体的な生活行為のなかにおいてのみ、漂泊している自分の内面を見つめることができたのだった。手ぶらでじっとしているのにも、酒を呑みすぎたあとの嘔吐にも耐えがたいはずであった。このとき歌は虚無であり、啄木は短歌律の定型からもっともとおい疎外されたところにいた。歌は玩具にされることは許容したが、表現にいたることは激しく拒んでいた。

中原中也の、死後公表された長谷川泰子をめぐる小林秀雄との三角関係を対象にした『わが生活』と題された断片のなかで、中也は、自分のなかにある暗い穴のひとつを、そこが彼にとっては散文であるがゆえに根こそぎ告白しえた。

> 然るに、私は女に逃げられるや、その後一日々々と日が経てば経つ程、私はたゞもう口惜(くや)しくなるのだった。――このことは今になってやうやく分るのだが、そのために私は嘗ての日の自己統一の平和を、失ったのであった。全然、私は失ったのであった。一つにはだいたい私がそれまでに殆んど読書らしい読書をしてゐず、術語だの傳統などまた慣用形象などに就いて知る所殆んど皆無であったのでその口惜しさに遇って自己を失ったのでもあったゞらう。
>
> とにかく私は自己を失った！　而も私は自己を失ったとはその時分ってはゐなかったのである！　私はたゞもう口惜しかった、私は「口惜しき人」であった。

中也にとって、この世のなかに、自分の思いどおりにならぬ世界があることを知ったのは、この長谷川泰子との恋愛の破綻が最初である。このことは、中也自身が、「私が女に逃げられる日まで、私はつねに前方を瞶めることが出来ていたの（ママ）と確信する」と、同じ文で述べていることや、「嘗ての日の自己統一の平和」と言い切っていることからもうかがえる。しかし、この恋愛の破綻（友人の小林秀雄のもとへ女が走ったという事実）と、「私がそれまでに殆んど読書らしい読書をしてゐず、術語だの傳統などまた慣用形象などに就いて知る所殆んど皆無であった」ために口惜しさに遇ったこととは、いったいどこでどんなふうにつながるのだろう。そこが中也の散文の書けないゆえんであるが、ここはやはり、当時中也とは比較にならない教養をもっていた、小林秀雄、河上徹太郎、大岡昇平、あるいは富倉徳次郎といった人たちとの交友関係、つまり中也をとりまいていた状況のことを思ってみなければならない。大岡昇平氏が『朝の歌』のなかで富永太郎との関係について書いている、「中原が富永から学んだのは『佛国詩人等の存在』どころの騒ぎではない。詩語の使い方から、文学史、文学青年の交際方法、要するに詩人のなり方について、あらゆることを学んだのである。もっともそれを少しも学んだとは思わず、それら土台の上に、一生自分の独創性と信じるものを追求して行ったのが、彼の個性だった」という現実は、この後も深く中也の内面を襲っていたはずである。その一点では、少しも学んだとは思わず、とあるのは大岡氏のがわからの眼差しとみるべきであろう。そのことが明らかになるのがこの『わが生活』であり、思わず本音を書きつけたのであろう、この脈絡をもたない先の数行であろうと思われる。仲間たちに悪夢のようなつき合いと感じさせた不遜や倨傲、攻撃癖などは、中也にとっては、ことごとく本音を隠蔽するための演技にすぎなかった。そして、その演技が所詮は演技にすぎないことをたえずどこかで意識化しつづけねばならなかった中也は、書けない散文のなかへ不自由なままの内面を曝露させたのである。

この文章が書かれたのは、昭和四年か五年の間であろうと思われる。むろんのこと発表のあてもなく書かれた。このころ、大正十四年十一月に中也の元を去った長谷川泰子と同棲した小林秀雄は、昭和三年五月にはみずから家を出て奈良へ去り、四年九月、『様々なる意匠』が懸賞評論第二席として〈改造〉に掲載、文壇にデビュー。だが、小林秀雄がついに長谷川泰子との破局をきたし家出をしたときの、中也の生き生きした表情は、「もめごとで走り廻るのを喜んでいるおたんこなすの顔であった。中原はそれまで随分私をうれしがらせるようなことをいってくれたのである。うっかり出来ないぞと思ったのは、この時が初めてである」と、大岡氏に思わせたほどである。たしかに小林秀雄にたいする悪意はこの文章のぜんぶに満ちていて、それが逆に異様に自虐的な緊張感をもたらしている。しかし中也が、生前この文章を発表しなかったのも事実であった。「私は口惜しい儘に、毎日市内をホッツキ歩いた。朝起きるとから、――下宿には眠りに帰るばかりだった。二三度、漢文や英語の、受験参考書を携へて出たこともあったが、重荷となったばかりであった。いよいよ私は、『口惜しき人』の生活記録にかゝる」と、書かれて中断されたままになっている。最後に〈街上〉と記入され、欄外に、富永の追悼会、下宿と其周囲などとあり、書き継ぐ意志だけはほのめかしてある。だが、なぜ中断したのだろうという問いかけもここでは重要だろう。中也は書けない散文のなかへ、悲しい玩具としての自分の影をほとんど無政府的におとしこみ、おとしこむ過程でやがて怨念を去らしめ、主題を喪失させたのであった。「口惜しき人」の生活記録という表現には妙にひっかかりを感じてならない。このとき中也の内面を襲っていたのは、できるだけありのまま正確でありたいという衝動なのではあるまいか。そこには生活者であり、自然である自分自身が、いじらしいほどの一途さで再生されている。東京と田舎の分岐が、知識の量的（積みかさね）な相対としてあらわれていることにとまどいながら、それを自覚することによってやってくる生活者としての劣等感に、懸命に耐えようとしてもがいている。演技する自分の裏っかわが見えるのであろうが、口惜しい人という自己規定は、ほとんど俗のままの衝動的な発言であり、それ自身に倨傲の姿を見ることはできない。

ここで私は、第二次世界大戦中、ミンドロ島サンホセの宿舎で歩哨に立ち、とおい夕焼けを見つめながら中也の『夕照』を口ずさんだという、大岡昇平氏の経験を思ってみたい。中也伝の序章にあたる『揺藍』を〈文芸〉に発表した翌年の昭和二十五年の秋に書かれた『歩哨の眼について』のなかにそれは直接あらわれる。

薄明は草の根に濃い紫の影を作り、遠くに連なる丘や山の肌を乳色に染めた。
　丘々は
　胸に手をあて
　退けり。

夕陽は
慈愛の色の
金の色。

憂鬱なる歩哨は中原中也の『夕照』を口ずさむ。出鱈目な節が風に乗って、兵舎に届かないやうに、建物の尽きる辺までぶらぶら歩いて行って、そこで低く歌ふのである。

と同時に、この不幸な詩人の作品の中で、最も甘いこの詩を昔私が賞めた時、中原がした意地悪さうな眼を思ひ出した。

『夕照』は、昭和四年「旧稿五篇」のひとつとして、同人雑誌〈白痴群〉に発表された文語詩篇である。詩集『山羊の歌』に「初期詩篇」として収録された。大岡氏の作品中の引用とは少しちがう。全部を引いておく。

丘々は、胸に手を當て
退けり。
落陽は、慈愛の色の
金のいろ。

原に草、
鄙唄うたひ
山に樹々、
老いてつましき心ばせ。

かゝる折しも我ありぬ
小兒に踏まれし
貝の肉。

かゝるをりしも剛直の、
さあれゆかしきあきらめよ
腕拱みながら歩み去る。

中也のなかを終生つらぬいた土俗的な自然の風景と、やはり長谷川泰子の失踪を契機に思わせる落魄感とが、文語詩の抑制されたリズムのなかにたくみにうずくまっている。終行の〈腕拱みながら歩み去る〉に、中也の荒みと意識のずれを見ることもむりにはなるまい。夕焼けを歌ったのは、その抹消感にひかれたからだ、と思う。

大岡氏は中也伝の『在りし日の歌』の掉尾で、ふたたびこのことに言及している。そこには、中也伝へのこだわりの説明があるので引いておきたい。その前に『揺藍』の冒頭に置かれた中也伝へのモティーフを知っておくこともよいだろう。私にはともに強烈な印象である。

> 私がこれから訪ねようとする家は、この友が生きていた間は訪れようとはしなかった家である。東京から山口までの距離は別としても、中原と私との交友は、そもそも互いに過去を気にかけるという性質のものではなかった。我々は二十歳の頃東京で識り合った文学上の友達であった。我々はもっぱら未来をいかに生き、いかに書くかを論じていた。そして最後に私が彼に反いたのは、彼が私に自分と同じように不幸になれと命じたからであった。
> 私も私で忙しいことがあるつもりであった。もっとも何のために忙しいか、中原が何のために自分が不幸であるかを知っていたほどには知らなかったのであるが——そして彼の死後十年たった今日、私に彼の不幸の詳細を知りたいという願いを起させ、私をこうして本州の西の涯まで駆るものが何であるか、それも私はよくは知らないのである。
> しかし私も四十をすぎて、自分を知らないことがあまり気にかからなくなった。例えば前線で死に直面しながら、私は絶えず呟いた。「未だ生を知らず。いずくんぞ死を知らんや。」こういう不安定の心掛で、私が戦場をくぐり抜けて来られたとすれば、どうして現在平穏な

市民生活をそれでやって行けないことがあろう。あとはすべて思想の贅沢である。

私の疑問は次のように要約されるであろう。――中原の不幸は果して人間という存在の根本的条件に根拠を持っているか。いい換えれば、人間は誰でも中原のように不幸にならなければならないものであるか。おそらく答えは否定的であろうが、それなら彼の不幸な詩が、今日これほど人々の共感を喚び醒すのは何故であるか。


掉尾の方の文章は、中也の死のあとからはじまっている。


死後四年たつと、誰も中原のことをいう者はなくなっていた。

「ざふきんの様に使ひ荒されて、遂に我が手に掛けられ打捨てられて仕舞った様な、今更はっと思ふやうな肉体」と青山二郎は書き、「事件の騒ぎの中で、世間からも文壇からも顧みられず、何処かで鼠でも死ぬ様に死んだ」と小林秀雄が書いた。その夏始まった蘆溝橋事件は、中国全土に広がって行くような形勢だった。葬式がすんでから、みなが鎌倉の駅前旅館の二階に集まっていると、林房雄が「おくれて済まん」といいながら入って来て、すぐ「北支を取らなくちゃ」とやり出す有様を菊岡久利が『文學界』十二月号の追悼号に書いている。

私だって、ずっと前から政治と文学で頭が一杯で、半年も経たないうちに、中原のことなど思い出さなくなっていた。

昭和十八年、戦争が拡大し、いよいよ前線に駆り出されるのが確実になった頃、その頃は私は神戸の工業会社の月給取だったが、『山羊の歌』『在りし日の歌』を出してみる気になった。そして彼の残した詩句が不思議に心に沁みるのを認めた。

十九年正月東京に転勤になった。急に家が見附からないので単身赴任だったが、スタンダールと中原中也だけ持って行った。召集された時、それを神戸の家へ送り返す手段がなく、東京の友人の家で焼いてしまった。中原の手紙と詩稿は、ずっと前喧嘩したあとで焼いてしまったから、私は中原から貰ったものは一つも持っていないのである。

以下先の『歩哨の眼について』と同じ内容へつづく。『夕照』の第二連は破調が著しいために思い出せなかったと書いている。終連のような心意気で軍隊生活を忍耐していた、とあるのも印象的である。中也の意地悪そうな眼が、そんな私を「センチメンタルな奴」といっていた、ともつけくわえられる。

引用ついでに、中也の眼について、いますこし大岡氏の証言を掲げておく。

彼の大きな眼は、不断は柔和な色をたたえているが、時として、特に何かを主張する時など、人間の眼がこんなに大きく円くなることができるものかと思われるほど見開かれる。白眼はなにか無機的な光を放って、対座する者をおびえさせることがあった。ことに晩年は齢に似合わず頰の皺が深く刻まれて、その白く粉を吹いたような顔色と共に、不吉な印象を与えた。

(『在りし日の歌』)

私はここで、中原中也と日常の多くの日々を過ごした大岡氏の内部にある、実生活と作品とのひとつの乖離について思いを馳せてみなければならない。あるいはここである飛躍をからませれば、のちトルストイの家出をめぐって正宗白鳥と論争したころの、小林秀雄のつぎのような見解も、大岡氏と同じ立場からの中也体験に根づくものと考えることができるだろう。ストラアホフというドストエフスキイの伝記作者のトルストイにあてた手紙の、「私は、この傳記を執筆し乍ら、胸中に湧き上る嫌悪な情と戦ひました。どうかしてこの厭な想ひに打勝ちたいと努めました。ドストエフスキイは、意地の悪い、嫉妬深い、癖の悪い男でした」という、さまざまなドストエフスキイの生活の実例をあげた発言をめぐって、小林秀雄は、「ストラアホフには、ドストエフスキイのさういふ半面しか摑めなかったのである」と書き、そのあとにさらにつぎのようにいう。

何が何やらわからない彼の実生活も彼の明確な文学の像の根拠として、明確な意味を帯びるといふ事なのである。彼が若し欠点のない実生活者であったなら、彼の文学はあれほどの力を得なかったであらう。藝術の創造には、悪魔の協力が必要だといふジイドの言葉もさういふ意味だ。(文学者の思想と実生活)

中也のなかに悪魔像をみたというのではない。従来の私小説体の、体験と混合した告白体を嫌悪した小林秀雄にとって、日常生活の芸術化という、まぎれもなく中也の作品過程は大きな位置をもったのである。大岡氏のいう中也の不幸は、不幸という表層に結実された作品の裏がわ、抒情をきびしく切り裂いている作品のがわから見て、虚像であるはずの実像がたえずせりあがるかに他ならない。ほとんどそれは幽霊のごとし、と見ておいてよいであろう。だが、たとえば大岡氏が歩哨の目で中也を体験したのとまったく同じ頃、昭和十九年秋、ひとりの学徒兵がふたたび還ることのないであろう任地へおもむく最後の一日を、京都の街で、親しい友と中也の詩を語り合うことだけで過ごしたことをその友が報告している。それはだれも中也のことなど思い出さない、なくなっていた過酷な時代のできごとだった。大岡氏は中也の実像を知らないで、その作品のみにしたしむことのできる後代の読者をうらやんでいるが、あるいはこれはそのひとつの典型といってよいかも知れない。

昭和十九年の十月のある朝、軍服姿の宮野尾が、忽然と私の下宿にあらわれた。彼がどこからやって来て、どういう事情で京都に立ち寄ったのか。彼は語らず、私はあえて問わなかった。その最後となった一日について、以来二十五年、私は私の記憶を補強していない。ただ、当時ほとんど一軒だけ残っていた、行きつけの喫茶店へつれていったことを思いだす。薄暗い片隅のボックスで、砂糖のない紅茶をなめながら、私は誰かから借りて筆写していた『山羊の歌』の詩篇を彼に見せた。幹候生の軍服姿の宮野尾は、それらの詩を、オアシスにめぐりあった旅人のように目をかがやかせてむさぼり読んだ。そしてその中の『夏』という詩を、折から店内に鳴り響いたチャイコフスキーの『悲愴の』の第二楽章になぞらえたりした。その日、京都駅で別れた。私の心は、私たちがどうして別れなければならないか。それをどうしても納得したがらず、そしてその事を口にした。その時の宮野尾の悲しげな、つらそうな顔を、忘れることが不可能だろう。私はこどもであった。

（花木正和『戦争と詩人——夭逝の宮野尾文平』）

『夏』は昭和四年八月の創作。『山羊の歌』では「少年時」におさめられ、泰子との苦しい恋愛の過程から生まれた作品のひとつである。

血を吐くやうな倦(もの)うさ、たゆけさ
今日の日も畑に陽は照り、麦に陽は照り
睡るがやうな悲しさに、み空をとほく
血を吐くやうな倦うさ、たゆけさ

空は燃え、畑はつづき
雲浮び、眩しく光り
今日の日も陽は炎(も)ゆる、地は睡る
血を吐くやうなせつなさに。

嵐のやうな心の歴史は
終焉(をは)ってしまったもののやうに
そこから繰(たぐ)れる一つの 緒(いとぐち) もないもののやうに
燃ゆる日の彼方に睡る。

私は残る、亡骸(なきがら)として——
血を吐くやうなせつなさかなしさ。

花木氏はこの宮野尾の在りし日、『含羞』の末尾から二行目〈仄(ほの)燃えあざやく〉の一句を垂涎の面持ちで嘆賞していたこと、『また来ん春』の末尾の一行〈立って眺めてゐたつけが〉を、四条だか三条だかの賀茂川べりに立って、繰返し呟いていた姿をつたえている。昭和十八年十二月一日の入営時、宮野尾はたぶん中原中也として軍服を着たつもりであった。彼が十九年の暮れにかけて、任地から送ってきた『星一つ』と題された全八編の絶唱には、あきらかに中也の色濃い原液がみとめられる。『星一つ』のなかの『I』

寛容(やさ)しい　それは夕焼雲で
いつかもあった　おんなじくもで

あかい　まっかな　眼覚しさ
ちっちゃい王子や　王女さま

私はいまも　切なく倦い
私は　酔ってゐたやうな

泪は乾いて　しまってゐたが
顔付なんだか　そっけない

私は酔って　ゐたやうな

この夕もやの　一寸ばかりは胸苦しい
透き徹るよな　その匂ひ

いつの頃だか　忘れたが
林の中の　白いみち

紺の風呂敷　あどけない
こ脇にかゝへて　お嬢さん
つゝましやかに　消えてった
背中のまるい　あったかい

風は　空っぽ
梢の上　にゃ
今も昔の　夕焼空が

私は何かを　想ってゐたが

それは　なんだか　分らない

小唄調、それから白秋調とも感じとれるが、それらも全部中也が負っていたものである。それよりおどろかされるのは、宮野尾文平二十歳が、このとき戦争（死）の絶対という苛酷な中世の暗黒を、中也のいう倦怠、虚脱をとおして生きはじめようとしていたことである。ここでふと思い出されるのが、花田清輝が戦争中に書いた、「生のゆたかさがあるように、死のゆたかさもまた、あるのだ」にはじまる『歌』というエッセイである。花田はここで、ゴッホとゴーガンを登場させて、「ゴッホが生の味方であり、ゴーガンが死の味方であることは、私にとっては、まったく自明の事実だ」とのべたあとで、「まさしくゴーガンは時代の子であり、ゴッホは時代のまま子であった」「死は堂々としていて、物に動じないところがあり、生はいらいらしていて、絶えず緊張しているのだ」と書いた。このこと自体にいまとくに関心があるわけではないが、花田のレトリックはともかくとして、ここで中也がつき出しているのはまぎれもなく時代にとっていらいらするような、倦怠、虚脱のとおい感覚である。先に宮野尾が嘆賞した『含羞』の一行、

あゝ！　過ぎし日の　仄燃（ほの）えあざやぐをりをりは

にしても、『また来ん春』の

立って眺めてゐたっけが……

にしても、そこに実存への賭がなければとうてい得られない感覚である。先に引いた『夏』をすこし検討してみてもよい。〈血を吐くやうな　倦うさ　たゆけさ〉という現実の感覚はとおい昔からあった田園の風景にそのまま対応して、まるで宙吊りのように、その広がりのなかにぽっかり浮かんでいる。詩人は、このぽっかり浮かんだ永遠の相をみずからひっかいたり傷つけようとしない。かろうじて、亡骸＝虚脱という感覚の方向をむくだけである。魂の抜け殻としての亡骸だが、しかしよくみると、そこは亡骸になっても生き残りたい意志であるかのようにも見える。そしてそれはうまく抒情され、具体的に抒情されるのはこの一点だけである。つまり中也の倦怠のむこうがわには、あらかじめとおい過去から（中也の生にとっての過去から）用意されていたような、はっきりした断念の相がそびえている。断念は生を拒んでいるが、同時に死をも拒んでいる。

中也には、小林秀雄のように、はっきり刻印できる自殺をはかった経験がない。そのあげく、象徴主義の主張する「何にでもないもの」が心性の領域にまで拡大されたのが、生としての倦怠だったともいいうる。『人生斫断家ランボオ』のなかで小林秀雄は述べた。ヴェルレェヌは恐ろしく無意識な生活者であった。ランボオは恐ろしく意識的な生活者であった。さらに、「彼（ランボオ）は生活を理論をもって規拒しようとした。然るに彼の理論は一教理といふ様なものではなかったのだ。極めて迅速に動く生活意識であった。生活を規定せんとする何物ももたないヴェルレェヌと生活を規定せんとする他何物をももたぬランボオと、遂に外観上の対蹠に過ぎないのか。ヴェルレェヌは、穢れを抱いて一切の存在に屈従することによって無垢を守ったのか。ランボオには、無垢を抱いて全存在を蹂躙する事によって、無垢すら穢れと見えたのか。」

私の考えでは、小林秀雄の目に映じている中也は、まぎれもなくヴェルレェヌそのものである。事実、中高井戸三七の中也の下宿にはヴェルレェヌの写真が飾ってあった。「それは日により時によって變って見える。今晩彼は僕に慈悲深い」と、河上徹太郎宛書簡に書いたこともあった。

小林秀雄にとって実生活は自然であった。実生活中の最大事件たる死というものを人間はいかにしても逃避できないことをかんがえてみればよい、と彼はのべた。逆にいえば死をとりかこんでいるのが実生活ということにもなる。そして彼は自殺をくわだて、その経験をもつことで生まれ育った思想がついに実生活に決別するときが来なかったならば、およそ思想というものに何の力があるか、という結論に達した。「穢れを抱いて一切の存在に屈従することによって無垢を守る」とは、要するに実生活に訣別するときを持たぬ、ということであろう。

中也がヴェルレェヌに見えたからと言って、そのまま小林秀雄の眼のなかでヴェルレェヌになってしまったのではない。小林秀雄の中也との関係を一種の悪縁とみる考えは、もともとはそのジレンマから生じているように見られぬこともない。しかし小林秀雄が多くの散文を駆使して、実生活と芸術創造との克明な訣別の過程をたどるあいだも、中也は穢れを抱いて、そのまま無垢を守っているように見えたのも事実であった。大岡氏の中也像に見る不吉な予感も、おそらくはこの背反という同じ根っこから発していよう。さらには江藤淳氏が「四年間の血であがなった生活の果てに、泰子や中原の『無垢』にたじろぎながら」と、その『小林秀雄論』に書きとめて、氏独自の展開に組み入れたのも同じことのように思える。氏が、「小林が、『死への情熱』によって生きたとすれば、中原は『死への情熱』を生きはじめていたのである」と述べるとき、たしかにふたりの差異はきわだっていた。中也は穢れを抱いている意志を無意識化することによって、その無垢を守っていた。

私は生活（對人）の中では、常に考へてゐるのだ。考へごとがその時は本位であるから、私は罪なき罪を犯す。（それが罪であるわけは普通誰でも生活の中では行為してゐるからだ。）（考へごとは道徳圏外だから）

そして私の行為は、唯に詩作だけなのだ。多いか少いか詩人（魂の労働者）はさうなのだが、私のはそれが文字通りで、滑稽に見える程だ。

昭和二年十一月十三日日曜日の日記。中也の文章は、小林秀雄を読むときのような対象（文脈）を信頼して読むわけにはけっしてゆかない。ここに見られるのも、酒を呑んで大声で相手にわめき散らした翌日の、私たちがよく経験する自己嫌悪の感覚に似ている。似ているというより、間違いなく呑んだ翌日の自己嫌悪の感覚そのものに違いない。

要約すれば、詩人は詩を書きさえすればよい。詩作がすべてを語ると言っているにすぎないだろう。そして前半部分では他者がみごとに欠落しているのも事実だ。小林秀雄が苦労の果てに、実生活に対蹠的においた、生ま身のうちに生きている文学（思想）という意識などは、きれいさっぱりと中也からぬぐい去られている。

具体的に言えば、昨夜酒席で目を大きく見開いたときの、自分の語った言葉の切れ切れが脳裏を掠めているのであろう。中也の主張にしたがえば、自分（詩人）につき合いきるとすれば、自分がなにかを語りかけているとき、その自然過程を大事にせねばならないということである。そのことに矛盾があるわけではない。ただ私は、自分と同じように考えているはずの他者が気にかかるだけである。他者の罪なき罪を受けいれるときの、中也のなかの考えごとの本筋はどうなっているのか。中也を襲う倦怠をめぐっても、このような日常的な些事を投げ捨ててはなるまい。だが、それらを全生活とすることで、中也は江藤氏のいう、死への情熱を生きはじめるという作品行為にうつることができた。

無題

疲れた魂と心の上に、
訪れる夜が良夜(あたらよ)であった……
そして額のはるか彼方に
私を看守(みまも)る小児があった……

その小児は色白く、水草の青みに揺れた、
その瞼は赤く、その眼(まなこ)は恐れてゐた。
その小児が急にナイフで自殺すれば、
美しい唐縮緬(たうちりめん)が跳び出すのであった！

しかし何事も起ることなく、
良夜の闇は潤んでゐた。
私は木の葉にとまった一匹の昆蟲……
それなのに私の心は悲しみで一杯だった。

額のつるつるした小さいお婆さんがゐた、
その慈愛は小川の春の小波だった。

けれども時としてお婆さんは怒りを愉しむことがあつた。
そのお婆さんがいま死なうとしてるのであつた。……

神様は遠くにゐた……
良夜の空気は動かなく、神様は遠くにゐた。
私はお婆さんの過ぎた日にあつたことをなるべく語らうとしてゐるのであつた、
私はお婆さんの過ぎた日にあつたことを、なるべく語らうとしてゐるのであつた……

（いかにお婆さん、怒りを愉しむことは好ましい！）

この作品にいらいらした生の韻律を感じるとしたら人々は反撥するだろうか。めずらしく昭和二年八月十九日の日付のついた作品だが、刊行された二つの詩集には収録されていない。むろん初期詩篇に属するひとつであり、父の死にも弟の死にも文也の死にも会う以前に書かれている。だがこの詩は幽界から死児を招き寄せている点と、いま死のうとしているお婆さんを登場させることで、まぎれもなく内的な謎を内包する。大岡氏はこれに、この時期の詩篇から〈死女〉のイメージをたぐりよせることで謎の解決に迫ろうとしている。だが、いま作品を引きうつしていて、私はある奇妙な類似に気がついた。二連目の小児の描写が、大岡氏が先にのべた中也が居るときの不吉な印象に、あまりにもひどく似かよっている気がしたからである。私が引いた大岡氏の文章の前には、「中原の中には、その疑うべくもない魂の美しさと共に、なんともいえない邪悪なものがあった。それが友人に嫌悪の反応を与えたのは、多くの証言がある」と、記述されている。

白眼はなにか無機的に光を放つ、というのは、〈瞼は赤く、その眼は恐れていた〉にそのまま対応しよう。小児が急にナイフで自殺をするのは、一方的に脅迫を完成させてしまうということに他ならない。中也に死者と交流する幻想がはたらいていたとは、大岡氏が証言している。自分の幻想に固執し、それを詩法としたことはこの詩を見るかぎりでもあきらかである。だがここにあらわれた死者は、弟恰三（こう）でもなければ、長男の文也でもない。注目すべきことは、ゆえにそのまま自画像としての死者があらわれたことである。ナイフで自殺、を脅迫と受けとる根拠は美しい唐縮緬で跳び出したからである。中也は第三連で、小さいお婆さんの姿を借り、その循環のなかにたちすくんでいる自分の姿をとらえている。そして四連目で作品は転換し、唐突に二つの事象をむりやりつなぐような変容がおこなわれる。ある現実――どこから見ても年端のいかないお婆さんがあらわれる。なぜ怒りを愉しむのか不明。〈いま死なうとしてるのであった〉は、私小説風に中也の内心の長谷川泰子を思わないわけにはいかない。自分を裏切った女にたいする恨みに死のイメージを奏でたことで詩は絶頂に達する。激変する中也というよりも、大岡氏の生ま身の中也に接近した評伝を読んでしまった私にとっては、了解不可能なひとつの現実が、幻想の意匠をまとって日本の近代詩にはめずらしい他者にたいする攻撃（復讐）をくわだてているのだ。

そのかぎりでは、この詩は作者の作品内部への脱出と言いうるだろう。

さて、宮野尾文平の生の意識にもどらねばならない。すでに述べたように具体的に自殺の経験を持ったことのない中也にとって、死はもっと根深く個体史をくぐり抜けたむこうがわからやってくるものでなければならなかった。同時に倦怠も虚脱も、それ自体が生の形式となるものであった。倦怠は実生活の幻想として、訣別の身代りとして存在した。宮野尾文平が中也の詩を愛読したころ、三高の文芸部員が選び出した一篇の中也の詩は『春と赤ン坊』だったといわれる。昭和十年〈文学界〉四月号に掲載され、のち『在りし日の歌』に収録された。

菜の花畑で眠つてゐるのは……
菜の花畑で吹かれてゐるのは……
赤ン坊ではないでせうか？

いいえ、空で鳴るのは、電線です電線です
ひねもす、空で鳴るのは、あれは電線です
菜の花畑で眠つてゐるのは、赤ン坊ですけど

走つてゆくのは、自転車々々々

向ふの道を、走ってゆくのは
薄桃色の、風を切って……
桃薄色の、風を切って……
走ってゆくのは菜の花畑や空の白雲
——赤ン坊を畑に置いて

そのとき若者たちの対象になった作品は、河出書房から出た詞華集『現代詩集』第一巻に収められた二十数篇であった。『朝の歌』その他の秀作を差し措いて、私たちの第一等の愛着をかち得たことは、考えてみればやや奇異である。だがこのことは、当時の私たちが置かれていた息苦しい状況を思えば納得のいくことであった。」（平井啓之「宮野尾文平と『星一つ』について」）

死を眼前に置かなければ生きようがなかった時代、死にすっぽり被いつくされた密閉された生の時代とはどんなだったろうか。宮野尾文平のように、はっきり軍服を着てしまった若者ならまだともかく、そこにごく当り前の懐疑をはさんだ若者にとっては、そこは曳かれものの小唄でも歌いつづけるしかない日々が死のがわへ竝致される刻々だったろう。そこにまだ救いがあるとすれば、それ自体が若者たちの全部を取りまいていたということであり、例外をもつことがなかったという一点である。死はもっともしたしみ深い規範の言葉として日々を支配した。中原中也の散文の欠落は、こんなふうに生の持続に解決をあたえることのできない状況下の世代にとって、存在のありかとして、倦怠の有意味性として屹立しえたのである。『春と赤ン坊』は日本歌曲新作発表演奏会のために書かれた作品で、一連三行四連と構成的なのはそのせいであろう。また有名な『北の海』はこの作品より前に書かれている。

赤ン坊は中也自身である。こののどかな捨てられかた（置かれかた）が中也の倦怠の実質でもあった。赤ン坊は風景に溶けこみ、すでに特別な位置も求めていない。だから赤ン坊なのであって無機物に近い。それが無機物にみえないのは、たえず詩人の肉声のようなものが聞こえるからである。言葉をかえれば、テエマは無心ということにあって、みごとに時代に対応している。同じ頃、中也はランボオの『烏』と『オフェリア』の二つの作品を訳している。ゆえに『烏』の

幾千となくフランスの野に
昨日の死者が眠れる其處に
冬よ、ゆっくりとどまるがよい

というフレーズがかさなる。〈喪服の烏たち〉というランボオの鮮烈な比喩をひとつの了解事項として赤ン坊は風に吹かれていると読むこともできる。

後代の中也の詩の読者たち（私をふくめて）が、大岡氏の生身の体験を抜いて、作品そのもの

にふれているのはあたりまえのことであって、それ以外に作品をたどる方法もない。しかし追体験として、それを読んだ私たちに迫る附加の意味が刺激的なまでに体験的でありうるのもほんとうである。宮野尾文平やその仲間たちも、その点では大岡氏ともいまの私とも異なった眼差しで圧倒的に自分の経験的現実に引き寄せて、中也の詩を見つめている。しかもそれも猛烈に個人が圧殺された中世的な暗黒期において、自我のゆくえに固唾を飲むというふうにしてである。私はそこに、死への慣れをなんとしてもくいとめたい無意識的な知的渴望をみたいと思う。「私は生活(對人)の中では、常に考へてゐるのだ」と、中也は散文のなかで自問自答した。それがほとんど体裁をなさないのは、すでに述べたとおりである。そう叫ばざるを得ない、そう絶対化せざるをえない暗い穴が中也のなかにはよこたわっている。それがみずからの意志として、故郷を喪失せしめえなかった中也の内面である。『Xへの手紙』のなかで小林秀雄は書きとめた。「俺は懸命に何かを忍んでゐる、だが何を忍んでゐるのか決してわからない。極度の注意を拂ってゐる、だが何に對して拂ってゐるのか決してわからない。君にこの困憊がわかって貰へるだらうか。俺はこの時、生きようと思ふ心のうちに、何か物理的な誤差の様なものを明らかに感ずるのである。俺はこの誤差に堪へられない様に思う。俺は一體死を思ってゐるのだらうか、それとも既に生きてはゐないのだらうかと思ふ。」このXよ、と呼びかける対象をもたなかったかぎりにおいて、中也の内部はより暗いところへ突きささり、彼はたえず故郷をつれていなければならない。これが在りし日の肌にふれたぜんぶであり、自然はまるごと生に耐えさせるために動員される。もはや先に引いた無題の作品の〈私を看守る小児〉が故郷の変身であるのは明らかであるだろう。だからこそ被造された実体は、大岡氏の書きとめた邪悪な自画像（自虐的なもの）としてしか現出しえなかったのである。「君にこの困憊がわかって貰へるだらうか」この一言への対立物を持ち得ない中也は、ヴェルレェヌの無機的な生活者へよみがえろうとする。が、おそろしく無機的な生活者である自己を知ってしまった今度はランボオになるしかない。昭和二年三月三日の日記

（ランボオは愛がまだ責任のある時にカルチュアをもつ努力が出来た、現金的大人気があった、それであんなに早く歌が切れた。いゝや、それはあとにヴェルレェヌがゐるからといふので安心したこともその理由ではある。それ位ランボオを純潔な人間と考へる位分る人には造作もないことだ！）

だが、このランボオ観は、その前年の夏に書かれた小林秀雄の『人生斫断家アルチュル・ランボオ』とはとおくかけ離れていた。この著名なエッセイのなかで、若い小林秀雄が見ようとしたものは、何といってもランボオの内部の不思議な人生厭嫌の光であった。だが、もしそれだけならば、私たちは他にも多くの類型を見ることはできるだろう。興味深いのは小林秀雄が、ここでランボオの人生厭嫌に、「劇的な触覚をもって触れるすべてを斫断する事から始めた」という思想的な営みを、独自な位相としてドッキングさせたことである。そしてランボオの意識的な生活

者たるゆえんを、マストの尖頂から海中に転落する水夫の、恐ろしい神速をもって走る過去全生涯の夢の再現として認識した。同時にその詩意識を、この水夫が転落中耳朶をかすめたつむじ風のような緊迫した作動になぞらえた。生まれ育った思想がついに実生活と決別するときとは、まさにこのようなときだ。あるいはまた、無垢を抱いて全存在を蹂躙するのもまさにこのようなときだ。

だがその対極で、ヴェルレェヌは恐ろしく無意識な生活者であったといったとき、小林秀雄のなかで、このときすでに中也が、どこまで意識されていたかどうかは疑問である。ただ昭和九年になって『山羊の歌』刊行時に寄せた文中の「彼はどこにも逃げない、理智にも、心理にも、感覚にも」の一行は、小林秀雄のなかで中也の位置がどのようであったかを自然に物語る。そして中也の舌足らずな日記のしめす、「ランボオを純潔な人間と考へる位分る人には造作もないことだ」という一行もまた、小林秀雄のランボオ論を射程においた、ひそかな反措定であることも容易にうかがわせる。中也は生活を無意識化することで、生活をまるごと抱えた死への情熱を生きはじめていたのである。そのときランボオはヴェルレェヌの対極にいるものではなく、一本の糸でつながれるものであった。日記の、あとにヴェルレェヌがいるという言葉は、十九歳で詩を捨てたランボオにたいする発言であって、あと先を主張した言葉ではない。事実中也はまもなく、小林秀雄のいう転落中の叫喚のあとに、みずからの〈口惜しい人〉という自画像をおいたのだった。

〈私を看守る小児〉が故郷の分身であることは、大岡氏が見た無機的な光を放つ邪悪な中也の眼差しが、そのまま中也の故郷であることをも思わせる。旧故郷人中也は渾身の力をふりしぼって、後方にひきこもった強いバネをたくわえて、過激に都会人のもつ知的重圧をはねつけようとするが、そのたびに故郷は暗い物憂い戦慄を響かせながら姿を見せねばならないのである。ごく平凡にコンプレックスといってしまってよいだろう。この中也の暗い穴は、江藤淳氏のいういく分の〈郷党〉、そして地方の神童はたやすく一個の小絶対者になるという証明である。しかし同時にまたこれは、故郷の喪失の確認によってはじまった近代にたいする、中也のはてしない抗いであった。

宮野尾文平の経験した切れ切れの生命を支えた中也の詩も、南国の夕焼けにはげまされた大岡氏のくちずさんだ『夕照』も、めくるめく故郷を核とした中也の存在証明であったことはたしかであった。近代が病むようには故郷喪失を病めなかった中也の疼きが浮きあがる。邪悪な中也の眼差しにどこまでも故郷を見とどけねばならないように、中也の詩のなかの暗い穴に、故郷によって仮構された死への情熱ともいうべき全生活をも凝視せねばならないのである。

『朝の歌』へ

高橋新吉の『ダダイスト新吉の詩』が出たのは、大正十二年二月である。辻潤の編集で、平戸廉吉のいた中央美術社から、佐藤春夫の序文と辻潤の跋をつけて刊行された。

高橋が最初にダダの存在を知ったのは、大正九年八月十五日の〈萬朝報〉の文芸欄で、「亭楽主義の最新芸術――戦後に歓迎されつつあるダダイズム」（紫蘭）という見出しの文芸記事と、おなじく「ダダイズムの一面観」（羊頭生）という記事であった。十九歳のときで、半年ほど前東京でチブスを病んで、瀕死の状態からようやく回復して、郷里の四国の八幡浜で静養中のときだった。

その直前の八月一日に高橋は〈萬朝報〉の懸賞短篇小説に『焔をかかぐ』が当選していた。

スイスのチュリッヒには、第一次世界大戦の頃、レーニンも亡命していた。ツァラは本名はS・ローゼンストックで、大学で哲学を研究した。ダダはフランス語ではおもちゃの木馬で、ルーマニア語では、フランス語のウイの意味だという。だから、一切を否定し破壊したところから、凡てを肯定する積極性が、ダダにはあるのである。南無阿弥陀仏というのと、似ている言葉だと私は思っている。

私が万朝報のダダイズムの記事で、一番強く衝撃を受けたのは、パリーの詩人たちが、字を逆さに書いたり、文字を、絵画のように羅列しているという事だった。時計の文字盤の数字のように、丸く活字をならべて、時計の詩を書いている点だった。詩も数篇、抄訳してあったように思うが、どんな詩であったかは覚えていない。アポリネールは休戦の二月前に戦病死している。ピカビヤが、アメリカからパリーに帰っていた。ブルトン、アラゴン、スーポーなども、ダダにかぶれていた。（『ダガバジジンギヂ物語』）

こんなふうに、この記事でとくに印象深く思ったのは、「世界観は単語の交雑である」というゼルネルの言葉だった。同時に、書かれていることよりも、同じ頁のなかに縦に組まれたり横に組まれていたり、はなはだしきは斜めに組まれたりしている文字の組み方など、内容よりも外形に重きを置いているような傾向だった。

ここで強い衝撃を受けた高橋は、一定の潜伏期を経た翌年の十二月、『まくはうり詩集』ＤＡ１というのをガリ版で六十部ほど作っている。友人から謄写器を借りての文字通り手作りであった。

夜
蒟蒻買ひに行った。
遅く
ベロ〱　赤い割木の火が
空櫃の底まで舐めあがった。
朝、
中学生が　鮹の足を提げて来た
土釜にぬくめて
煮た
中学生よ
コンニャクを食へ
ピタ〱になって居る

これはこのときの詩篇(4)の一部であるが、まだダダイスム的表現とはほど遠い。そこに内的緊張が加わるのは、やはり『ダダイスト新吉の詩』にまとめうたわれてからである。『ダダイズム新吉の詩』をめぐって、佐藤春夫は序文のなかでこう述べた。「高橋の芸術と生活とはアカデミシャンの様子ぶった芸術に対する又、平俗的幸福のなまぬくい生活に対する徹底的な反抗と挑戦とである。彼の消極的な――いや消極をも積極をも超越した態度は、前述の意味で力強いものである。この精神によって高橋は恒に生きる。彼は明治大正を通じて芸術史上に於ける著しく特異な個性である。」

辻潤は、「新吉はたしかに和製ランボオの資格があるが、あいにく己がヴェルレェヌでないことは甚だ遺憾だ」と、書いたあと、ねずみ色の外套、首にまきつけた色のわからないようになったハンケチ、煮しめたような風呂敷包、バスケット、草履をはいた汚ない足、モジャモジャの頭、鉄縁の奥に光っている鋭い黒い眼付、――どっから見てもブルジョアの玄関払いを食わせられる資格は充分備えていたとようすを書きとめ、さらに、狂気と痴呆とナンセンスとエクセントリックの交響であり、蓄膿症と、脚気衝心と、変態性欲とのディスコルドだと結論した。「彼はまるで近代的苦悩の権化である。彼は人生の盃の底の最後の滓を舐めたところから出発してゐる。そしてダダ以前の一切の観念を投げ棄てた。」折からこの詩集を郷里八幡浜の警察署の留置場で受けとった高橋は、猛烈に腹を立て、すぐさまそれを破り捨ててしまった。『断言はダダイスト』のなかから第一連、第七連、第八連を引いておく。

ＤＡＤＡは一切を断言し否定する
無限とか無とか、それはタバコとコシマキとか単語とかと同音に響く
想像に湧く一切のものは実在するのである

一切の過去は納豆の未来に包含されてゐる
人間の及ばない想像を　石や鰯の頭に依って想像し得ると　杓子も猫も想像する
ＤＡＤＡは一切のものに自我を見る
空気の振動にも　細菌の憎悪にも　自我と云ふ言葉の匂ひにも自我を見るのである
一切は不二だ　佛陀の諦観から　一切は一切だという言草が出る　一切のものに一切を見る
のである　断言は一切である
宇宙は石鹸だ　石鹸はズボンだ　一切は可能だ
扇子に張り付けてあるクリストに　心天がラブレターを書いた　一切合財ホントーである
凡そ断言し得られない事柄を想像する事が喫煙しない MR GOD に可能であろうか

一人のダダイストは　どんなにくだらないつらい生活でも好い　死ぬのが厭だ　一呼吸でも
永く生きて居たい　と遺言の中に書いてゐた　彼は或結社の三階の図書室の電燈の紐で首を
縊って死んだのである　生前彼は非常に温厚で結社の規約に違反するやうな言行は一度もな
く　皆のものから絶対に信頼されてゐた
又色々の涙を化学的に分析したり博士になったダダイストもある
ＤＡＤＡ　は一切のものを生産し分裂し綜合する　ＤＡＤＡの背後には一切が陣取ってゐる

何者もDADAの味方たり得ない　DADAは女性であると同時に無性欲だ　だから生殖器を持つと同時に凡ゆる武器を備へてゐる　DADA位卑屈なものもない　猛烈な争闘心を腰にぶら下げてゐるから瞬時も絶え間なく彼は爆発し粉砕し破壊しつづける　一切のものがDADAの敵だ　一切を呪い殺し　啖ひ尽して　尚も飢き足らない舌を彼は永遠の無産者のやうにペロペロさしてゐる。

トリスタン・ツァラは、『ダダ宣言』のなかで、「ダダはいささかも現代的ではない。むしろ、ほとんど仏教的な無関心の宗教への回帰である」とも述べている。（小海、鈴村共訳『ダダについての講演』）高橋新吉がそのときどれをどの程度まで把握していたかはわかりにくいが、仏教的諦観と虚無の相とを同一視していたことだけは引いた作品の第一連によってもうかがい知ることができる。ずっとのちに「私は、ダダは初歩的な禅の亜流に過ぎないと思っている」と述懐したこととも関連しよう。高橋新吉にとってのダダは、自我の否定にいたるための高橋自身の思想にとっては矛盾があり、ダダのがわから高橋に接近したのだと言ってもよいところがあった。『詩的履歴書』のなかに中也は次のように書きとめた。

大正十二年春、文学に耽りて落第す。京都立命館中学に転校す。生れて始めて両親を離れ、飛び立つ思ひなり、その秋の暮、寒い夜に丸太町橋際の古本屋で「ダダイスト新吉の詩」を読む。中の数篇に感激。

中也が立命館中学に転校したのは、この年の四月である。友人は一緒に編入試験を受けた中村吉朗という少年が一人居るきりだった。中也は『神曲』を愛読していて、その中村少年に文学書を貸し与えたり作詞をすすめ、自分の詩作ノートを見せたりしていた。中也は放蕩し、恋愛してカフェに出かけ、上級生になぐられることもあった。『ダダイスト新吉の詩』にめぐりあったのはそんな状態のなかであった。「秋の暮、寒い夜」とは、そのころの中也の暗い内面に照応する。中也の場合は、こんなふうに素手で（概念抜きで）高橋新吉の詩に接近したのであった。つまり高橋新吉の詩をそのまま、彼自身のダダイズムとして受け入れたのだった。

角川版中也全集別巻の『（附）読書記録一覧』から、ダダに関係すると思われる書物を抜き出してみる。

昭和二年二月、大杉栄『正義を求むる心』大杉栄・伊藤野枝『二人の革命家』三月、辻潤『ですぺら』四月、『ダダイスト新吉の詩』スチルネル・辻潤訳『自我狂』シモンズ・久保芳之助訳『文学に於ける象徴派の人々』五月、新吉『ダダ』十二月、ニイチェ・金子馬治訳『悲劇の出生』後は昭和五年までとぶので省く。

スチルネル・辻潤訳の『唯一者とその所有』（自我狂）を読んでいるのが注目される。だが日記や書簡のなかには、とりたててそれについての言及はない。昭和二年九月十一日、辻潤を訪問した。だがこれにたいするコメントも中也のがわからも辻のがわからもない。九月十五日にはじめて高橋新吉に手紙を出し、辻潤を訪問することをすすめられたことが書かれている。たぶんそこでは高橋の詩が話題の中心になったのだろう。十月七日の日記に、「高橋新吉にはじめて会ふ」とある。だが、すぐ佐藤春夫の話題にとんでしまって、あとが続いていない。中也は先の手紙とともに、あらかじめ自分の書いた短かい『高橋新吉論』を送っていたはずだから、その話は出なかったのだろうか。

全集の月報Vのなかに、この高橋が一文を寄せていて、中也が南天棒と号した禅僧に相見したことを告げている。中也が京都に居るときか、郷里の萩市か、下関あたりの寺だったか、いずれにしても十七歳以下の年少の頃のことである。「汝這裏(しゃり)より入れ」と一喝されたことがあると、中也は語った。ひょっとするとそんなことが初対面の席で話題になったかも知れない。中也は終生散文は得手ではなかったこともあるが日記でも具体性にとぼしい。なにも高橋新吉のことにかぎらず、ことが平穏に流れたばあいとくに記述は少ないようである。さらに、日記にぐちがないことで、裏読みすればどんなふうにも読みとれてしまう。そこは中也を読むときのひとつのポイントになるかもしれない。

同じ文章のなかに高橋は「茹でられた蟹は、赤くなって、バラバラに手足をもがれている。中也の泡粒のような目を、私は忘れない。新宿の或バアで、中原に暴言を吐いて、彼を怒らせ、向って来る可憐な彼の肉体を、顚倒させたことがあるが、この愚行に対する私の痛恨は、切なるものがある。この喧嘩を、笑いながら、とめていた山之口貘の顔が浮かんでくる。それ以来私は、中原にあっていない。二幸裏辺の飲屋で、或会があって、文圃堂の野々上慶一が、中也の詩はどうかと聞いたので、出版に値する旨を言ったことがある。中原が、青山二郎のいた花園アパートへ引っ越す時、荷物を車から下ろすことを手伝った。」と書いている。

中也が花園アパートに引っ越したのは、上野孝子と新居をかまえたときだから昭和八年の暮れになる。単純にみれば、高橋との交流は相当長い。高橋は昭和三年十月には岐阜県伊深村の正眼寺で座禅を習っていて接心中発病した。昭和四年九月には父の死に遭う。ふたたび上京したのは昭和七年一月だった。辻潤著作集月報のなかでは彼は、「私は、ダダを、一九二四年以後は、棄てて、かえり見なかった」と、書きとめている。この年、つまり大正十三年七月、小説『ダダ』を書き、八月に朝鮮に旅行して、高橋のダダは終えたのである。したがって中也が訪ねたとき、高橋新吉はすでにダダイズムのなかに居ない。このことは大切だ。やはりここは、中也の禅僧体験などまじえてこの年二十七歳の高橋新吉とハタチの中也のむきになった眼差しを思い浮かべる方がよいだろう。高橋は病魔という破局の前夜にあり、中也もまた「口惜しい人」の渦中にあった。そして中也のダダは、ことごとく高橋新吉を経たものでしかありえなかった。

中也のダダ詩の特徴を具えた作品は、「ノート１９２４」のなかにほぼ集められている。『ダダイスト新吉の詩』を読んだ翌年のものであり、この年七月、のちの中也に重要な影響をあたえることになる富永太郎に京都で会った。

（名詞の扱ひに）

名詞の扱ひに
ロヂックを忘れた象徴さ
俺の詩は

宣言と作品との関係は
有機的抽象と無機数具象との関係だ
物質名詞と印象との関係だ。

ダダ、ってんだよ
木馬、ってんだ
原始人のドモリ、でも好い

歴史は材料にはなるさ
だが問題にはならぬさ

此のダダイストには

古い作品の紹介者は
古代の棺はかういふ風だった、なんて断り書きをする
棺の形が如何に変らうと
ダダイストが「棺」といへば
何時の時代でも『「棺」として通る所に
ダダの永遠性がある
だがダダイストは、永遠性を望むが故にダダ詩を書きはせぬ

中也は小学校六年生の三学期頃から山口中学の四年進級に落第するまでの全期間、短歌を書いている。主に防長新聞に投稿しているが、中学三年になった五月、上級の友人宇佐川紅萩、防長新聞の記者吉田緒佐夢とともに出した『末黒野』に『温泉集』として二十八首を収めたりした。のちの中也をかたちづくる倦怠感とかむなしさ、あるいは若い大岡昇平氏たちを恐怖におとしいれた攻撃癖、不遜の態度の初期形とも受けとれるものがすでにあらわれる。

人みなを殺してみたき我が心その心我に神を示せり

世の中の多くの馬鹿のそしりごと忘れ得ぬ我祈るを知れり

などさまざまに評伝的な興味も駆りたてられるが、短歌自体は、

命なき石の悲しさよければころがりまた止まるのみ
砂原に大の字にねて海の上のかき曇る雲に寂漠をうつたふ

など啄木の影響をつよく受けてまだ幼い。しかし『ダダイスト新吉』の詩に出会ったとき、中也のなかにまだ短歌しかなかったことは、それだけ驚きも深く衝撃力の密度も高かったことを思わせる。そのころ一般書店に並んでいる詩集といえば新潮社の「現代詩人叢書」のレモン色の小型版であり、川路柳虹、生田春月、百田宗治らの詩集などであった。詩とは一般には、主として恋人の前で朗読されたり、詩集はポケットに入れて携行すべき程度のものと考えられていた時代であった。そして、中也自身、まだ十六歳の少年であった。

高橋新吉のダダ詩の告げた断言、否定、破壊の荒廃感覚は、中也少年のなかにあった定型律と詩にたいする既成の観念をそれこそ根こそぎうちこわしたはずであった。引いた詩はむろんダダ的な作品であるが、同時にダダにたいする中也のマニフェストをもふくめている。一連二連の観念表白、三連の言葉の使用における猥雑さ、四連目の否定形の意志、そして五連目の〈ダダイス

トが「棺」といえば〉以下に中也のあこがれは集中する。いうまでもなくここでは自己主張と現実否定は、同じ幅のなかで振動している。ダダイストとは、すでに高橋新吉の詩で見たようにそれだけですでに自分の存在様式である。だがさすがにまだ幼なくて、どちらかといえばダダの解説にやっきになっているようにさえ見え、破天荒に見える割には印象はおとなしい。高橋新吉がしめした言葉の破壊力はまた息を沈めている。より具体的にみれば、ダダ的雰囲気をたたえているのはかろうじて三連だけということになろう。それも文字面による猥雑だけであって、高橋新吉がもたらした奔放な構成力まではとおくおよばない。

私たちはここで、ダダを気取った孤独で気ままな中也を見ておいてもよいだろう。中也の実生活に大きな翳を残すことになる過剰な自己意識に、気質的なものとしてダダのもつデスペレートはまとわりついたというぐあいにである。中也のダダがほんとうに力を発揮するのは、昭和四年になって書かれた『サーカス』のような作品になってからであった。そのなかの〈ゆあーん　ゆよーん　ゆやゆよん〉という擬音効果からは、この詩のもっていた気負いやてらいはもう完全に消え、中也のもつ倦怠感が鮮やかに浮き出てくる。

観客様はみな鰯
咽喉（のんど）が鳴ります牡蠣殻と
ゆあーん　ゆよーん　ゆやゆよん

屋外は真ッ闇　闇の闇
夜は劫々と更けまする
落下傘奴のノスタルデアと
ゆあーん　ゆよーん　ゆやゆよん

最後の二つの連、ここではリズムに支配されることでやがてそれをはみ出すものとして、イメージの荒唐無形と擬制音のルフランが効果をあげる。付属的にと無意識的に、そこで中也的なものは成立したのである。ダダはあるがままの表現形式としては、中也のなかには定着しなかった。その原因は、やはり、中也の抒情的な資質のなかに求めねばなるまい。さらにつぎのようにも思わねばならない。高橋新吉は東洋的な虚無につよく浸蝕されながらも、世界のダダイズムが機能した、表現行為の自立と言語規範への挑戦（既成秩序の破壊）を直感的に把握した。しかし中也は、高橋新吉を通過するのみで、高橋新吉のダダをもほとんど対象化しえなかった。中也は後年、ダダイズムの原理は新吉の詩を読む前から独力で発見していて、名前を借りただけだと豪語していたと大岡氏は告げているが、ダダに関するかぎり当てにはなるまい。例の見栄っ張りを優先させねばならないだろう。ここで、ダダイズムと直接関係なく、高橋新吉という詩人の存在が具体的にせりあがる。中也は昭和二年九月六日の日記に、書かれたものとしてははじめてダダの放棄を告げた。

ダダは一番肯定した。

そしてダダはしまひに放棄した。つまりそれは遊離状態だ。

死ぬまで肯定するとき、ダダは「概念をチラス」ことになる。何故といって、放棄は思索（夢）が方法的帰結を斉らさないからのことであり、方法的帰結の出ないことを感じさせられる時が人間に於て概念の散る直ぐ前の瞬間だから。

即ち私に於ては概念とはアプリオリが空間に一固形として在ることを意味する。（正しい活動だけが概念でない。


ダダ的な思索（夢）が方法的な帰結をもたらさないと直覚したので遊離した、という程度に理解しておいていいだろう。すでにのべたとおり高橋新吉はすでに中也に先立つ三年前にダダを捨ててしまっていた。面白いのは、このダダの自らへの放棄を記した五日後に辻潤を訪問していることであり、十五日には高橋新吉論を同封した書簡を高橋に送り、十月七日牛込の吉春館を訪ねている。それに先立って、日記にはいくどか新吉の名が登場している。昭和二年の項。

二月五日（土曜日）
高橋新吉

まあなんと調子の低い作品を作したのだらう！
世界中で一番調子の低い！
それが、彼の素晴らしさ！

九月十八日（日曜日）
見渡すかぎり高橋新吉の他、
人間はをらぬか。

高橋の詩をくり返し述べて読んでいることはすでに書いたとおりである。そのあとに『高橋新吉論』があらわれた。

こんなやさしい無事な心はまたとないのだ。それに同情のアクチィビティが澤山ある。これは日本人には珍らしい事だ。

この人は細心だが、然し意識的な人ではない。意識的な人はかうも論理を愛する傾向を持ってゐるものではない。高橋新吉は私によれば良心による形而上学者だ。彼の意識は常に前方を見てゐるを本然とする。普通の人の意識は、何時も近い過去を見てゐるものなのだ。

―

彼の魂にとって現象は殆んど何物でもない。といってこれは現実を無視してゐるといふのではない。寧ろ彼こそ一番現実の大事な人なのだが、蓋（けだ）しそれは幻想としてだと先ず言って置かう。――彼にとっては常に心理が必要なのだ。それが彼の良心の渇きで、云はゞ彼は自動機械的に現実を材料としての夢想家なのだ。

何時か彼は詩人であるよりも実社会の人であると思った事はあるかも知れない。彼には自分を詩人だと思ふだけでは安心出来ないものがある。併しそれは彼の夢想が餘りにありの儘の現実を扱い得るからで、夢想がかくも現実的であるといふ點で、高橋新吉は人類中非常に特異なものなのだ、けれどもこのことが彼の詩を劫々（なかなか）整ったものとさせない重要な原因なのだ。

ちなみに芥川龍之介が自殺をしたのは、この年七月二十四日の未明である。異常なショックを当時の文壇、論壇にあたえた。その死は大きな時代の翳として、一時代の終焉を予測するものとして人々に受けとられた。しかし中也の書いたものにそれにたいする反応は片鱗もうかがえない。

その二日間の日記、

七月二十四日

要するに真実とは、全てのことがその各々の持場に着くことである。

七月二十五日
物を治めるものは戦争であり、
心を治めるものは論理である！
それで、正義によって戦争が起され、
論理が詩を生むに十分なものなのである。

中也の外部世界にたいする無関心はここまで徹底している。その無関心の上に、『ダダイスト新吉の詩』は翳をおとしたのである。先に述べた読書記録によれば、この年、中也は『ダダイスト新吉の詩』を読み、小説『ダダ』を読んでいる。いずれも二度三度と読みかえされたもののはずである。『詩的履歴書』のなかには、「大正九年、露細亜詩人ベールィの作を雑誌で見かけて破格語法なぞといふことは、随分先から行はれてゐることなんだなと安心す」とある。ベールィはロシア象徴主義の詩人であるが、ダダイズムの原理を、新吉の詩を読む前から知っていたという話はたぶんこのあたりのことだろう。山口中学校一年生のころであり、これも先にすこし述べたが、しきりに短歌をつくっていた時代であるから、破格語法の印象がつよかったことはわからぬでもない。『ダダイスト新吉の詩』は、それに論をかけたのである。しかしそれ以後の中也の関心は、ダダイズムと高橋新吉の微妙な分岐の上に築かれることになる。

『高橋新吉論』は、中也の散文のなかではすぐれたもののひとつであろうと私は思う。そしてこれをよく読むと、中也の関心は破格語法などという技術的なレベルよりも、高橋新吉の世界に盛りこまれた論理的なものの性傾、つまり現実否定の意識にはるかに深くむけられているのがよくわかる。『断言はダダイスト』を手がかりに、この短いエッセイをもうすこし検証していきたい。「彼にとっては常に真理が必要なのだ。それが彼の良心の渇きで……」とは、〈DADAは一切のものに自我を見る〉というフレーズに見られる、自己保存の直視であり、その一方で論理のもつ交換可能な幅（曖昧性）にたいする不安であるだろう。見ようによっては、これは概念の無限拡大になるはずだが、中也は良心の渇きのせいにしたのである。あるいはまた〈一人のダダイストは、どんなにくだらないつらい生活でもよい死ぬのが厭だ〉というフレーズのなかに、実社会（実生活）のもつ圧倒的に生のがわにかたむいて形成される倫理を嗅ぎとったかも知れない。長谷川泰子を失なうことによって得た破滅を、〈口惜しい人〉という自虐的な自己発見によってくぐり抜けるしかなかった中也にとっては、〈死ぬのが厭だ〉と遺言を書いて死ねる男のイメージは、いかにも論理的で良心そのものの顕現に見えたろうことであった。中也は死と同伴することはできても、けっしてみずから死を選ぶことはなかったからである。その一点で生にたいして、〈彼は非常に温厚で結社の規約に違反するやうな言行は一度もなく、皆のものから絶対に信頼される〉ような現実関係はもちえようにも持ちえなかった。中也のなかの不健全な精神は、このとき高橋新吉のなかの破壊の意志の背後にある健全な概念を見逭すことはできなかったし、高橋新吉の目指す真理の弱点として、私的な感情と普遍的なものとのあいだにずれが生じることを見破ることもできた。『高橋新吉論』の後半で、高橋はヒュマニティの実質を見失ない易い恐れがあるし見失なっていると指摘したのは、おそらくこのことを語ったのであろう。実際、高橋の詩の論理からはじき出されたところで、中也の抒情する精神は拓かれていったのである。たとえば、良夜にはるか彼方から自分を看守る故郷の化身である小児のように。

さて、ここで私は、〈口惜しい人〉として実現した自分を押したてて、小林秀雄にたいする悪意を生きた中也の、高橋新吉にたいするあこがれをも見ておかねばなるまいと思う。

高橋新吉は明治三十四年生まれ、中也より六歳、小林秀雄より一歳年上であった。愛媛県の小中浦という田舎に生まれて、のち八幡浜商業学校を中退して十八歳で上京した。ダダイズムに感染したのは二十歳。この年〈萬朝報〉の懸賞短篇小説に『焔をかゝぐ』が入選、翌年出石寺の小僧になったあと、秋、辻潤、佐藤春夫、宮嶋資夫らを知った。こんなふうにみてくると、いやおうなしに生活者中也との類似を思わないわけにはいかない。富永太郎や小林秀雄との出会いによって、故郷喪失者のがわからの田舎者の悲哀を存分に知りつつあった中也は、ここではじめて演技を必要としない自分自身の分身を見ることができたのだった。「まあなんと調子の低い作品を作したのだらう」という日記の背後に、富永や小林を媒介にしてえたランボオやヴェルレェヌをおいてみるのもよい。

天才が一度戀をすると
思惟の対象がみんな戀人になります。
御覧なさい
天才は彼の自叙傳を急ぎさうなものに
戀愛傳の方を先に書きました

〈1924年ノート〉中の作品だが、大田静一氏流にいうと、悪い冗談としかいいようがない高橋新吉の矮小化がこの例ということになる。作品というよりも、行アケでノートにただ書きつけただけといってもよいだろう。詩に構想的な分岐点がおとずれるのは、やはり富永太郎や小林秀雄に出会ってからであった。だが中也がみずから足を運んで辻潤や高橋新吉をたずねたのは、すでに富永が死に、小林秀雄に恋人をうばわれたあとでもあった。『朝の歌』『臨終』などの詩篇も書かれていた。すでにのべたとおり、ダダの放棄もみずからへ宣言していた。とすれば、という疑問はやはり残る。「見渡すかぎり高橋新吉の他、人間はをらぬか」と日記に書いたのは、高橋を訪問する二十日前のことであった。このとき中也のなかには、すでに高橋新吉だけがいたのだろう。ダダとセットではない高橋新吉が。訪問の意志をしたためた手紙のなかへ中也はこう書いた。「僕は貴兄を結果的にといふより過程的に見て大好きなのです。」あいかわらずわかりにくいが、とすれば、富永太郎や小林秀雄は過程的ではなかったのだろうか。

富永太郎が亡くなって一年たった大正十五年十一月、雑誌〈山繭〉の富永一周年記念号に、中也は『夭逝した富永』という一文を寄せている。そこで彼は、「さしづめ、彼は教養ある『姉さん』なのだが、しかしそれにしては、ほんの少しながら物質観味の混った、自我がのぞくのが邪魔になる」と書きとめたあと、掉尾をつぎのように飾った。

> 富永は、彼が希望したやうに、サムボリストとしての詩を書いて死んだ。
> 彼に就いて語りたい、實にたくさんのことをさし措（お）いて、私はもう筆を擱（お）くのだが、大変贅澤をいっても好いなら、富永にはもっと、想像を促す良心、実生活への愛があってもよかったと思ふ。だが、そんなことは餘計なことであらう。彼の詩が、智慧といふ倦鳥を慰めて呉れるにはあまりにいみじいものがある。
> そしてこれが、夭逝した富永である。誰にも大人しい人として映った。富永がいまさらのやうに憶ひ出される。

中也が富永太郎を知ったのは、大正十三年二月だった。立命館中学で国語を教えていた富倉徳次郎をたずねて、上海の放浪の旅から帰ってきた富永太郎は、神戸から京都で下車し京極で飲んだ。そのとき富倉氏が中也を引き合わせた。富永太郎は高橋新吉と同年の二十三歳だった。ボードレエルを愛読して詩も絵も書いていたが、雑誌〈山繭〉はまだ創刊されていず、本格的な作品はまだ書いていなかった。六月、いったん東京へ発った富永太郎はふたたび京都へやってくる。七月から十一月までが中也と富永太郎の親交の時代になった。このころ中也は二冊のノートブックを持っていて、さかんにダダ風の作品を書いていた。（その一冊、中也自身が「ダダの手帳」と呼んでいたアフォリズム集は河上徹太郎の手元で戦災で焼け、他の一冊が１９２４年ノートとして、私たちが未刊詩篇で読んでいる作品原本になった）この富永太郎との二度目の邂逅の直前、四月に中也は長谷川泰子と同棲した。

富永太郎にとっても、中也は本格的に詩を書く最初の友人だったようだ。彼は東京の府立一中時代、ニーチェ、ショーペンハウエルを読み耽り、仙台の二高にうつった八月、最初の詩作のあと、フランス語の個人教授を受けに通った退役将校の寄寓する家の妻と恋におちた。恋は不幸に終り、退学して東京に帰り、翌年三月東京外国語学校フランス語科に入る。原語でボードレェルを読むことが詩人の希望であった。「大正十一年以来美少年富永太郎は慢性的失恋の裡にいた。不眠も写真を撮らせない潔癖も、すべて惨めさの自覚に基いている。彼の願いはその惨めさを歌とすることであるが、彼の秀才的高慢は自嘲でなければ、抽象的文字の羅列しか、自分に許さない。しかし彼はそれがよい詩とはいえないのをよく知っている。自分の中の秀才を押え殺すためにも、惨めさに固執しなければならないという、自虐の循環の中に、二年間彼はいたわけである」と、大岡昇平氏は『朝の歌』に書いている。富永太郎にとって中也との出会いはそんな日々の延長のなかであった。

たいていのばあいは中也のがわから押しかけるのがふつうであるが、京都での生活は富永太郎の方からほとんど毎日のように中也の部屋へ行くというかたちでおこなわれたと長谷川泰子はつぎのように書いている。「話は思い出になるが、下加茂の近所で出町と云う町に、北野天満宮の方から越しました。水道もなく、濁った古井戸のある二階を間借りしました。二間あって、片方を勉強部屋にしていました。その勉強部屋は昔風な暗い小さな窓が一つあって、外から見ると、壁が多くて、私はスペイン窓と呼んでいました。時々、正岡忠三郎さんが、下から『居るかい』と呼ぶ声がして、窓からひょいと顔を出したものでした。富永太郎さんと二人位しか訪れる人もありませんでした。富永さんはいり浸りでした」（中垣泰子『思い出すこと』）

「ダダイストとの厭悪（デグウ）に満ちた友情（アメティエ）に淫して四十日を徒費した。手が凍える頃になってやっと絵が描け出す。散文も書け出す。（だらうと思ふ）」と、しかし富永太郎は十一月十四日付村井康男あて書簡に書いている。〈ダダイストが「棺」といへば、何時の時代でも「棺」として通る所にダダの永遠性がある〉と、欲望的自我を主張した時代の中也と、詩人自身〈帰伏〉と呼んだ自己抑制的な韜晦のなかにいた富永太郎とのあいだには、田舎者中也の都会人富永への劣等感と思われるものがからみついている。しばしば中也が攻撃的態度で終始したのはこれによったであろう。「ダダイストを訪ねてやりこめられたり」とは富永太郎の手紙の一部である。

月青く人影なきこの深夜
家々の閨をかいま見つ、
白き巷を疾くよぎる侏儒の影あり

愚かなる状(さま)して黒々と立てる屋根の下に
臥所(ふしど)ありて人はいぎたなく眠れり
家々はかく遠く連なりたれど
眠の罪たるを知るもの絶えてあらず

月も今宵その青き光を恥ぢず
快楽(けらく)を欲する人間の流す
いつはりの涙に媚ぶと見えたり

かゝる安逸の領する夜なれば
あらんかぎりの男女(おとこおんな)の肌を見んとて
魔性の侏儒は心たのしみ

おもはゆげもなく軒より軒へ
白き巷をよぎりゆくなり。

富永太郎のこの詩は大正十一年三月二十八日に書かれている。その十日前の日付をもつ『影絵』という詩では、〈半欠けの日本(にっぽん)の月の下を一寸法師の夫婦が急ぐ〉と歌われる。侏儒といい、一寸法師といい、このようなイメージを喚起するところに、すでに独自な呪詛をまじえた内心への屈折をみとめてもよい。むろん深夜、外の世界に、幽界のように意識しながら出没する侏儒あるいは一寸法師はそのまま富永自身であろう。こんなふうに見てくると、この時期の富永太郎の詩は、たしかに惨めで一途に抹消にむけて機能させようとしているようにも見えるし、あるいは独自なダンディズムによって、ひたすらおのれを朦朧のかなたに閉じこめようとしているようにも見える。だが象徴的な詩の手法はさすがにボードレェル張りであり、ボードレェル的な頽唐感は視像を影の黒で隈どる単色の色彩感覚で効果をあげている。

富永太郎が代表作のひとつとなった『秋の悲嘆』を書いたのは、中也と親交中の十月のことであった。この詩はランボオを触媒にしたともいわれる。富永太郎が小林秀雄から『地獄の季節』のなかの『別れ』の章を書き抜いて送ってもらって契機になった。大岡氏によると、当時ランボオで翻訳されていたのは『酩酊船』ほか数篇に過ぎなかったという。それだけに新鮮で、多少はものめずらしくもあったろう。『秋の悲嘆』はつぎのように書きはじめられた。

私は透明な秋の薄暮の中に堕ちる。戦慄は去った。道路のあらゆる直線が甦る。あれらのこんもりした貪婪な樹々さへも闇を招いてはゐない。
私はただ微(かす)かに煙を挙げる私のパイプによってのみ生きる。あのほっそりした白陶土製のかの女の頸に、私は千の静かな接吻をも惜しみはしない。今はあの銅色(あかがねいろ)の空を蓋ふ公孫樹(いちやう)の葉の、光沢のない非道な存在をも赦さう。オールドローズのおかっぱさんは埃も立てずに土塀に沿って行くのだが、もうそんな後姿も要りはしない。風よ、街上に光るあの白痰を搔き乱してくれるな。

ランボオの『地獄の季節』の終章『別れ』の冒頭はつぎのように書きだされている。

もう秋か。――それにしても、何故、永遠の太陽を惜しむのか、俺達はきよらかな光の発見に心ざす身ではないのか、――季節の上に死滅する人々からは遠く離れて。（小林秀雄訳）

富永太郎は京都で喀血して東京に帰る。京都を去ったのは大正十三年十二月三日であった。その十二月、小林秀雄、富永太郎、永井龍男らの雑誌〈山繭〉は創刊された。『秋の悲嘆』は、その創刊号に発表され、以下晩年の作品はつぎつぎとこの雑誌に発表された。富永太郎が亡くなったのは大正十四年十一月十二日である。中也はこの富永が京都を去ると、追うように泰子を連れて上京した。そして富永を通じて小林秀雄を知るが、小林秀雄と長谷川泰子は恋におちることになる。十一月下旬、富永太郎の死んだあとしばらくして泰子も小林の元へ去った。

十一月六日、「タロウキトク」の電報で上京した正岡忠三郎は、自分が面会できたことを中也には告げないように注意される。正岡氏の記録によると、八日朝、富永太郎は、「ダダさんは随分悪く変わったよ」と、中也についていろいろ話しかけている。この正岡氏の記録の最後、

十三日、雨時々降る。四時頃目覚める。富倉、村井、小山、次郎さん起きてゐる。昼。納棺。
夕方、ダダさん、蒼い顔して来る、二晩寝なかった由。遺稿など眺めて徹夜。

『秋の悲嘆』の終行、〈私は私自身を救助しょう〉
『鳥獣剥製所』の終行、〈私は手を挙げて眼の前で揺り動かした。そして、生きることと、黄色い寝椅子(ゼリヴアフ)の上に休息することが一致してゐるどこか別の邦へ行って住まうと決心した。〉

しかし富永太郎は生きつづけることができなかった。

ただ私は、この富永太郎と交友した時間と長谷川泰子と生活した時間がまったくかさなっていることに、因縁めいたある種の感慨を禁じえない。富永太郎が正岡氏に発言したのは、おそらく邪悪な中原中也についてであろうが、中也もまた死に目に会うことのできなかった自分の孤立に

は気づいていたはずである。中也はこの時期、ダダイズム以外に詩を書く方法があることをすでに学んでいた。むろんそれは「富永太郎京都に来て、彼より佛国詩人等の存在を学」んだことが大きく作用していた。（詩的履歴書）それを物語るのが『夭逝した富永』である。中也の眼差しのなかには、知識の衣装をまといすぎてずっしりと重たいばかりの富永太郎の、作品行為と自己意識の分裂していくようすがはっきり描かれている。ボードレェルも彼のなかにあって、いまだ趣好（意匠）の域を出ないことを中也は看過していたのである。中也の攻撃癖、不遜にへきえきした富永は、中也のなかでは逆に、「余りに肉親的な彼の温柔性に辟易（へきえき）」する立場に追いつめられていた。中也にとってはおそらく、『秋の悲嘆』のなかの、〈夕暮、私は立ち去ったかの女の残像と友である〉というような健全な自己憐憫は許されえなかったであろう。〈かの「虚無」の性相（フィジオグノミー）をさえ点検しないで済む怖ろしい怠惰が、今私に許されてある。今は降り行くべき時だ――〉という自己肯定性も許しえなかったであろう。〈富永にはもっと、想像を促す良心、実生活への愛があってもよかったと思ふ〉とは、おそらくはこれらを指したであろうと私は思う。富永太郎はついに生活を表現しえなかったと中也には思われた。

『今は、降り行くべき時だ。』と。消耗性の紅潮を帯びた美しい顔を傾けて、新鮮な牡蠣の様に生ま生ましい双眸で薄暮を吸ひ乍ら、富永の裸身は、凋んだ軽気球の様な茶褐色の背広につゝまれて、白埃を敷いた舗石の上を動いて行く――。『私は、花の様に衰弱を受けた』

そして彼は、その短い生涯を、透明な衰弱の形式に定着しつゝ、二十五で死んでしまった。

（富永太郎）

と、小林秀雄は書いた。富永との関わりの深さからしても、よく似た青春の時間からしても、小林秀雄の態度が心情的になるのはやむを得ない。しかし〈暗く大きな穴〉から、同じように富永太郎の〈暗く大きな穴〉を求めた中也にたいして、少なくともここでの小林は、実生活を捨てた富永太郎と同じ地点から富永太郎を見つめている。この時点で小林秀雄の成熟はまだない。

中也が『朝の歌』を書いたのは、富永太郎が死に、長谷川泰子が去っていった翌年の五月のことだった。『詩的履歴書』に、「大正十五年五月、『朝の歌』を書く。七月頃小林に見せる。それが東京に来て詩を人に見せる最初。つまり『朝の歌』にてほゞ方針立つ。方針は立ったが、たった十四行書くために、こんな手数がかゝるのではとガックリす。」とある。しかし、大岡氏はそれをいぶかっている。当時中也と小林秀雄は絶交中であり、まして「東京に来て詩を人に見せる最初」に到っては明白な嘘と断定している。たぶんそうだったろう。しかし手間ひまをかけて苦労して仕事をしたという点で、これまでのダダ風の手法とは明白に一線を画していた。

天井に　朱（あか）きいろいで
　戸の隙を　洩れ入る光

鄙(ひな)びたる　軍楽の憶(おも)ひ
　手にてなす　なにごともなし。

小鳥らの　うたはきこえず
　空は今日　はなだ色らし
倦(う)んじてし　人のこころを
　諫(いさ)めする　なにものもなし

樹脂の香に　朝は悩まし
　うしなひし　さまざまのゆめ、
森立は　風に鳴るかな

ひろごりて　たひらかの空、
　土手づたひ　きえてゆくかな
うつくしき　さまざまの夢。

五七調十四行のソネット。脚韻をふんだ技巧的な作品で、あきらかにフランス象徴主義の元にある。上田敏の『海潮音』『牧羊神』など翻訳詩の影響も考えねばならないし、とりわけ富永太郎との交友にはじまった時間は大きい。たしかに、手法としてのダダ的なものは去った。〈方針立つ〉とはそのことを指そう。

詩は、泰子が去って移り住んだ中野町の下宿の目醒めを歌うことからはじめている。戸の隙間から洩れ入る光、現実時間の佗しい状態への凝視をひとつのトーンにして、故郷や回想のなかのさまざまな風景が内的に歌われていく。この風景の生みだした夢から醒めることで、生は倦怠というかたちへ整序化される。

私の驚きは、泰子が去った六カ月後の、この定型律の作品を生みだしたきびしい中也の緊張である。紛れもなく中也は孤独に耐え抜いている。空虚な生活の重みにたわみながら、それ自体を客観化することで、中也がめざしているのは、失われた夢を生きつづけるという緊張である。定型を思ったのは、あきらかに不自由を強いるつもりがあったからだろう。この年、作品活動としては沈滞している。ふたたびダダを意識的に目指すことはなかった。

身一點に感じられれば

中原中也は、ごくささやかな生活経験をも、最大値の感覚世界に置きかええた人であった。体験だけについてなら、中也と長谷川泰子をめぐる恋愛についても、さらに小林秀雄をくわえた三角関係についても、人々がいちいち口の端にのせていつまでも語らねばならないほど、劇的なものは何ひとつありえなかった。弟恰三の死にしても、長男文也の死にしても、人であるかぎり、この種の悲しみはだれもが経験しなければならないものであって、それ自体にとくべつな特徴を見いだすこともできない。ゆえに私小説の約束ごとが告白を基調とし、皮剝ぎの苦痛といわれたほどの独自な自己表現で体験をおもんじたようにも、第二次世界大戦直後の戦後文学が、戦前の思想弾圧による内面的な転向と苛酷な戦争への体験をつよく作用させつつ、それを表現行為の核となしたようにも、中也にはその体験から見るかぎり、取りたててみるべきものは何もなかった。もともと十七歳の少年とハタチの少女の恋など、世間には掃きだめに捨てるほどあることであってめずらしいことでもなんでもない。中也が恋をした大正の年代も、大杉栄の四角関係をめぐる葉山「日蔭の茶屋」事件や、平塚らいてうの奔放な恋愛などがいみじくも象徴するように、明治以来強権に抑圧されていた個の自覚が、一面では頽唐（デカダンス）の形をとって大きく横ぶれしながら、上下をとわず絢爛と幕あけした時代であった。町の喫茶店にも小部屋に鍵がかかるようになったプライベートな部屋があった。旅館の女たちもこちらがひとりでいる時、床を敷きにきて、いきなりしがみついてきて抱きころばそうとしたりした。階段の上がり口で客と接吻しているのを、押しのけてあがらなければならないこともあった。夜おそく風呂に入ろうとおもってガラス戸を開けると、女中の背なかをいっしょに入っている番頭がながしたりしていたが、みられていても気にもとめなかったと、当時の風俗をとらえた興味深い記述が金子光晴の『どくろ杯』のなかに入っている。

つまり、中也的な現実の劇がなしうることとは、これら風俗繚乱の時代のなかを、そのまま二重うつしするかのような、所詮はちっぽけな片隅の現象を引き出すことにすぎなかった。逆にいえば中也は、そのようなとるに足りないおのれのなかのわずかな現実経験を、なかば無意識のままの出生にからむ自分の自然存在（故郷）に復活させ、かつ、そのぜんぶに耐え抜いて、表現としての追体験に転生させることで、独自な抒情的な感覚世界をつくりあげたのである。感覚の深淵にある倦怠、むなしさ、切なさ、たゆけさのひとつひとつは、それぞれ固有の光源（中也にとっての経験）の抹消と再生を経て、ふちどられる。別の言葉で言えば、中也の追体験は、ことごとく感覚による生活の再生であったといいうる。

逝く夏の歌

並木の梢が深く息を吸って、
空は高く高く、それを見てゐた。
日の照る砂地に落ちてゐた硝子(ガラス)を、
歩み来た旅人は周章(あわ)てて見付けた。

山の端は、澄んで澄んで、
金魚や娘の口の中を清くする。
飛んでくるあの飛行機には、
昨日私が昆虫の涙を塗っておいた。

風はリボンを空に送り
私は嘗て陥落した海のことを
その浪のことを語らうと思ふ。

騎馬聯隊や上肢の運動や、

下級官吏の赤靴のことや、
山沿いの道を乗手(のりて)もなく行く
自転車のことを語らうと思ふ。

詩集『山羊の歌』のなかの「初期詩篇」中に置かれた作品である。初出は〈生活者〉昭和四年九月号であるが、紹介者である高田博厚が、「四年程前、同君の一九頃の詩」と、付記したことで、大正一四年の作と見なされるようになった。たしかにこの作品には、いわゆるダダ的なイメージの飛躍も随所にあり(たとえば、あの飛行機には、私が昆虫の涙を塗っておいたなど)、三連四連にみられるような強引なオブジェの用法もあって、書かれた時期がまだ浅いことを作品自身が物語っている。『朝の歌』以後になると深まってくる、感覚の微細な切れ味もまだない。ダダイズムからの過渡的な作品のひとつと言ってよい。しかし未刊詩篇中にある、おそらくは同じ時期に書かれたであろう『秋の愁嘆』などにくらべると整序性は高い。発表が遅かったせいで、あるいはそのとき手入れがあったのかも知れない。

ただ私が興味を持ったのは、この作品についてだけなら、構造的な意味でも文体でもない、ふとなにげなく読みすすめているうちに、終行におかれた二行の不可解なイメージに、不可解なまで足どめをくったということがあった。山沿いの道を、乗り手もなく行く自転車とはいったいなんだろう。不在の感覚であろうかと一度は思った。逝くという行為の連続的なかたちであるだろうかとも思った。だが首なし死体のような、乗り手のない自転車がかってに走るイメージは、それを不在だと単純に言い切ってしまうだけでは何にもならない。そこで思われてくるのが、大正一四年の夏という固有時へのこだわりである。

「大正一四年八月頃、いよいよ詩を専心しようと大體決まる」と、ずっとのち『詩的履歴書』のなかに中也は書きとめた。同じ文のなかには、「同年（大正一三年のこと＝筆者注）秋詩の宣言を書く」とあって、「人間が不幸になったのは、最初の反省が不可なかったのだ。その最初の反省が人間を政治的動物にした。然し、不可なかったにしろ、政治的動物になるにはなっちまったんだ。私とは、つまり、そのなるにはなっちまったことを、けっして咎めはしない悲嘆者なんだ」というのが、その書き出しであると説明されている。しかしそのつづきはいま失われて読むことはできない。散文を書くのが苦手だった中也の性癖がここにもよく出ていて、なにが政治的なのか、なにが最初の反省なのか、どれも不分明なままにかなり高飛車にこの宣言は書かれようとしている。つぎのように思うことはできるだろう。仮に聖書の『創生記』をあてはめたばあいである。中也は原罪をみとめていたと考えられる。それが故郷の自然に負うものなのか、ゆえに宿命というべきものなのか、泰子との恋愛における悩みや情けをふくめるものかは別として、不幸の源はすべてそこに因し、自分はそれをみとめ、それを嘆きつつ、決して救済をもとめないでその存在に立ちつくしているのだという思いである。ボードレェルの

お前の運命のやうに荒れ狂った、
奇怪な　鉛色の　この天空から、
どんな思想が　お前の空虚な魂に
降って来るのか。答えてご覧、道楽者よ。

――暗いものや　模糊としたものを
飽くこと知らずに　渇望する俺だから、
羅典の楽園から　追い拂われた
オヴィットのやうには　愚痴をこぼすまい

（感應する恐怖・鈴木信太郎訳）

私の印象では中也の宣言の書き出しは、ボードレェルのこの詩篇のほとんどパロディ化した作品にすぎないとさえ思われる。しかし、それが中也への非難にはならない。十九歳の中也の瑞々しい気負いが見えれば、ここはこれで足りるのである。ボードレェルは富永太郎を通して中也に伝わった。

大正一四年三月八日中也は泰子とともに上京した。四月に小林秀雄にあった。十一月、富永太郎が逝った。詩に専心しようという中也の決意は、そんな年の夏にかためられた。『詩的履歴書』

は、中也の最晩年にあたる昭和十一年に書かれている。それだけに全部を額面どおりにはとりにくい。いくつかの韜晦が隠される。しかし、私がこの八月にとくべつにこだわるのには事情がある。九月には、小林秀雄と長谷川泰子が中也にかくれて、最初の媾曳をしているからである。以下は、大岡昇平氏の『朝の歌』に出てくる、小林秀雄が泰子のもとに残した手記断片の一部である。中也を語るとき、小林秀雄を抜いてはなにも考えられない、少し長いが引いておく。


九月七日。Tを見舞った帰り、Nと青山の通りを歩いた。四時、黄色い太陽の光線が塵汚ペンキの色彩と雑音の都会をギリギリ照りつけた。六丁目の資生堂に二人は腰を下した。二人ともひどく疲れてゐた。軍歌を呶鳴り乍ら兵隊の列が、褐色の塊を作って動いて行く。

「なんだい、あの色は」

Nは行列を見ながら、いまいましさうに言った。

「保護色さ、水筒までおんなじ色で塗られてやがる」

二人は黙った。私はY子のことを考へた。兵隊の列は続く。

「見ろ、あれだって陶酔の一形式には違ひない」

「きまってるさ、陶酔しない奴なんて一人も居るもんか。何奴も此奴も、夏なんてものを知りゃしないんだ。暑けりゃ裸になるといふ事だけ知ってるんだ」

「もうよせ」

私は苛々して来た。あらゆるものに対して、それが如何に美であるかといふよりも、如何に醜であるか。如何に真であるかといふ事より、嘘であるかといふ事の方が、先ず常に問題になる頭が、こんな日には、特につらかった。然し、Nと会ってY子の事許り考へてゐる自分にとっては、（Nが）かういふ性格で、苛々した言葉ばかりはく事が、自分の心を見破られないといふ都合のよさがあった。然しそれを意識すると、如何にも苦しくなった。

私はNに対して初対面の時から、魅力と嫌悪とを同時に感じた。Nは確かに私の持ってゐないものを持ってゐた。ダダイスト風な、私と正反対の虚無を持ってゐた。しかし、嫌悪はどこから来るのか解らなかった。後は自分でそれを早熟の不潔さなのだと説明した。

Tとは富永太郎、Nは中也、Y子は長谷川泰子のことである。断片は中断され、つぎに「私は自分が痴情の頂点にあると思った」と、しるされている。

中也のエゴイスティックな性癖はいつもこんなだったろう。書いたのが小林秀雄だけに納得しやすい。大岡氏のいう、中也のなかにあった邪悪なもののふつう時の顔がここにはある。しかしいまの私の関心はそこにはない。手記断片の告白どおり、小林秀雄の内面は長谷川泰子に向けてもうどうすることもできないところまで激しく揺れており、内部の劇は、中也のまったく見えないところで中也に傷を負わせながら、中也にとっても思いがけない方向をめざしていた。たえず自信家であった中也に、そのときの小林の深層はまだ何も見えていなかったにちがいなかった。

のちになって別れのいきさつをしるした『わが生活』のなかで、「私は恰度、その女に退屈してゐた時ではあったし、といふよりもその女は男に何の夢想も仕事もさせないたちの女なので、大変困惑してゐた時なので、私は女が去って行くのを内心喜びもしたのだったが」と、書きとめているのは、女が絶対に離れていかないという自信を代償にしてはじめて得られたものであったろう。中也は泰子によって、この世でままならぬものがあるという激しい試練をはじめて知らされたのだった。

乗り手もなく行く自転車という一種の失速感覚は、この世でままならぬものがあるという中也の、中也が現実に見ている泰子のうしろ姿であるように思われる。ここでは逝く夏とは、季節のなかをめぐるのではなく文字どおり息たえたのである。それもぽっくりではなく、乗り手を無視して走る自転車になってかなたへ消えたのである。相手が小林秀雄であることはともあれ、泰子のしだいに色濃く染めていく背信が中也に響かぬはずはない。『秋の愁嘆』の、

胸に舞踏の終らぬうちに
もうまた秋が、おぢゃったおぢゃった

というフレーズは、自転車になった泰子のうしろ姿への道化風を借りた修羅であろう。孤独は、〈へちまのようにかすかすの、悪魔の伯父さん〉になってしのびよってくる。もうひとつ、

なにが悲しいたつてこれほど悲しいことはない
草の根の匂ひが静かに鼻にくる、
畑の土が石といつしょに私を見てゐる。

という『黄昏』のイメージは、ままならぬものを見ることによって孤独になった中也の、〈かすかすの悪魔の伯父さん〉の抱きとった故郷とも言えるだろう。あい交わることのできない一歩手前で、これ以上近ずくことを拒んで、畑の土が石と一緒に自分を見つめている。故郷に疎外された中也自身は、ぼんやり黄昏の中で宙吊りになるだけである。

なんだか父親の映像が気になりだすと一歩二歩歩みだすばかりです

という『黄昏』の終行は、意識の空まわりを意識した中也の、苦労した結果であるにちがいない。表現としての追体験のこれは一つの例である。中也の故郷喪失は泰子との恋愛の破綻を媒介することによって、透明な湧水の出る健康な自然から病める故郷への変容をたどった。そこが都会人の故郷喪失とは根抵的にちがっている。中也の世界は自意識によって故郷に腐敗を招きよせることであった。こんなふうに、

今や黒い冬の夜をこめ
どしゃぶりの雨が降ってゐて、
わが母上の帯締めも
雨水に流れ、潰れてしまひ、
人の情けのかずかずも
竟に蜜柑の色のみだった？ ……

（冬の雨の夜）

さて、詩集『山羊の歌』に収められた中也の恋愛詩がはじまるのは、昭和三年一二月一八日の日付をもつ『女よ』からである。しかし『女よ』自体は、詩集には採られていない。そして『山羊の歌』は内面的な挫折をこめた恋愛詩をひとつの軸に、生い立ち、少年時への回想と郷愁をいまひとつの軸として、告白と祈りを基調に展開される。そこで経験される感覚は倦怠であり、中也にとっての生の条件ともなるべきものである。この二つの混淆は、先にのべたように、泰子との恋愛の挫折をとおして覚醒されたものであった。『朝の歌』で中也は、失われたものの眼差しのみがもつ喪失の風景を見つめつづけた。内面の変化がいかにして物象に投ずるかを、そのとき中也は経験している。ふっと気づいたことがある。『山羊の歌』を編む行為の中で、中也がとらなかった作品についての共通するある流れである。ひとつは甘えに対する自戒であり、同時に他者願望にたいする断念が微妙に疼いていることである。これはさみしい、あるいは悲しい感覚の絶対化につながるはずのものである。ボードレェルの「暗いもの、模糊としたもの」に立ちつくす意志であると思ってみてもよいだろう。

女よ、美しいものよ、私の許にやっておいでよ。

（女よ）

こんなに酷く後悔する自分を、
それでも人は、苛めなければならないのか？
でもそれは、苛めるわけではないのか？
さうせざるを得ないといふのか？

（幼年囚の歌）

戀人よ、その哀しげな歌をやめてよ、
おまへの魂がいらいらするので、
そんな歌をうたひだすのだ。

あなたは私を愛し、
私はあなたを愛した。

あなたはしつかりしてをり、
わたしは真面目であつた。――

人にはそれが、嫉ましかつたのです、多分、
そしてそれを、偸まうとかゝつたのだ。

（寒い夜の自我像）

（追懐）

わたしは真面目であった、とは、何ともいいわけのきかないさみしい自己規定であろう。ダダイスト中也の中には、おそらくは書きなぐるといったふうな即興的なものへの習性があったと私は思う。ゆえに、中也が捨てた五百篇とは、手間ひまのかけようでは、『朝の歌』一篇にもおよばなかったはずである。いま甘えまたは他者願望を軸にして未刊詩篇のフレーズを洗っていると、感情の暴風雨に身をまかせたままの中也の衝動的な風貌がそのまま見えてくる気がする。しかし

疎空な表現は葬らねばならない。実生活には代償はめぐるべくもない。詩集のなかの作品『無題』は、つぎのように書きだされる。

こひ人よ、おまへがやさしくしてくれるのに、
私は強情だ。ゆうべもおまへと別れてのち、
酒をのみ、弱い人に毒づいた。今朝
目が覚めて、おまへのやさしさを思ひ出しながら
私は私のけがらはしさを歎いてゐる。そして
正體もなく、今茲に告白する、恥もなく
品位もなく、かといって正直さもなく
私は私の幻想に駆られて、狂ひ廻る。

ここにはすでに、酷く後悔する自分も、真面目であった私もいない。

中也と泰子をめぐる三角関係をとおして、一方の当事者である小林秀雄には、以前自殺をはかった経験がある。「俺は今までに自殺をはかった経験が二度ある、一度は退屈の為に、一度は女の為に」（Xへの手紙）という、この小林秀雄の経験は、同じ文章のなかでさらにつぎのように増殖される。「女は俺の成熟する場所だった。書物に傍點をほどこしてはこの世を理解して行かうと

した俺の小癪な夢を一挙に破ってくれた」「俺は戀愛の裡にほんたうの意味があるかどうかといふ様な事は知らない、だが少くともほんたうの意味の人と人との間の交渉はある。惚れた同士の認識が、傍人の窺ひ知れない様々な可能性をもってゐるといふ事は、彼等が夢みてゐる証據とはならない。世間との交通を遮断したこの極めて複雑な国で、俺達は寧ろ覚め切ってゐる。傍人には酔ってゐると見える程覚め切ってゐるものだ。この時くらゐ人は他人を間近かで仔細に眺める時はない。あらゆる秩序は消える、従って無用な思案は消える、現実的な歓びや苦痛や退屈がこれに取って代る。一切の抽象は許されない。従って明瞭な言葉なぞの棲息する餘地はない、この時くらゐ人間の言葉がいよいよ曖昧となっていよいよ生き生きとして来る時はない、心から心に直ちに通じて道草を食はない時はない。惟ふに人が成熟する唯一の場所なのだ。」小林と泰子の生活は昭和二年秋、逗子を引きはらって東京の目黒にうつったころから、泰子がひどい神経衰弱になっていくことで、荒廃していく。たとえば泰子は汚れた食器に手をふれることさえできなくなっていた。潔癖は異常なまでで、小林の父が外国から持ち帰った虎の皮を自分の領分と定め、そこへ他人が侵入してくることを決して許さないまでになっていた。

江藤淳氏は『小林秀雄』のなかで、「中原の詩才は小林の不毛を圧倒する。自らのエゴイズムで無頓着であることがいかに豊饒なイメージを生むか。それに自覚的な、要するに批評的な精神がいかに自己解放に苦しまねばならないか」と、書きとめた。ついで、大岡昇平氏の手許にある当時の小林の手稿の一部を公開している。「実生活といふものは常に愚劣だ。そして人間が如何に実生活を変へようとしても変へられるものではない。人間は嘘をつかずに生活する事は出来ない。嘘をつかないといふ事は死ぬといふ事だ。涙や笑がある観念の明確な表現となることが実生活に於てあるか？　断じてないのだ。それならばある言葉がある観念の明確な表現となる事も同様実生活に於てあり得ない事だ。生きねばならぬという事は嘘をつかねばならぬといふ事だ。人間が芸術を要求する所以はこれを措いてない」泰子との生活は、小林秀雄をも挫折に誘いこむものであった。ただ中也とちがうところは、泰子といったん別れたときから、ふたたびその生活の内側へは、どんなかたちにしろ復帰することがなかったことである。世間との交通を遮断したこの極めて複雑な国で俺達はむしろ醒め切っている、という指摘は重要である。醒めていてもかたはらからは酔っているように見える。その指摘の上に、実生活といふものは常に愚劣だという意識がつきまとった。小林秀雄の実生活への不信はこのかたはらを意識したことによって苦しみをましたといってよいだろう。ヴェルレェヌは恐ろしく無意識な生活者であった、ランボオは恐ろしく意識的な生活者であった、という『人生斫断家アルチュル・ランボオ』の一行を、ここでももう一度思い出してもよい。「実生活にとって藝術とは屁の様なものだ」という『批評家失格Ⅰ』の言葉を思い出してもよいだろう。小林秀雄のつかみとった懐疑、虚無は、こうして作品世界の自立へむけて、実生活との密接な背反的な関係をしいることではばたくことになる。社会化された私という、表現世界への情熱が注がれる位置もここにある。そこからもう一度中也にたいする江藤淳氏の「自らのエゴイズムで無頓着であることがいかに豊饒なイメージを生むか。」という発言を思ってみるのも無駄ではない。
ヴェルレェヌは詩のなかに、無垢で背徳で邪悪なものを持っていた。たくさんの音程と憂愁とをもっていた。中也がひかれたのはむろんその全部だ。中也が訳したヴェルレェヌの詩のなかに、つぎのようなフレーズがある。

われ等物事に寛大でありませう。
かくてこそわれ等は幸福でありませう、
そしてわれ等の生活に気むづかしい時があっても、
ねぇ、ただ二人して泣いてゐませう。

泣いてゐることは生活であるか、中也の世界にとってはこれは決定的な問題である。正直なところ、私は、中也が生活！　というとき、具体的になにをさすのかわからないときがある。例えば昭和二年の日記から、「生活」の言葉の現われ方をみて頂きたい。

二月二十二日
生活が終る所に、
藝術があります。

生活を、しなければなりません。藝術家諸子よ。

二月二十六日

私は十七・十八頃までには殆んど読書といってはしてゐない。そしてそれまで私は「生活」についての思念で一杯だった、一杯だった。

私は読書を早くからした真底素晴らしい藝術家ってのは考へられない、考へようとすると滑稽になる。——千年後の常識。

四月四日

私は全生活をしたので（一歳より十六歳に至る）私の考へたことはそれを表わす表現上の真理についてのみであった、謂はば。（十七歳より十九歳に至る）そこで私は美学史の全段階を踏査した、實に。

実生活は論理的にやるべきだ！　実生活にあって、意味のほか見ない人があったら、その人は実生活以外にも世界を知ってゐる人だ。則ら科学でも藝術でもない、大事な一事を！げにわれら死ぬ時に心の杖となるものがあるなら、ありし日がわれらの何かを慄はすかの何か！

——生を愛したといふことではないか？

小学の放課の鐘の、あの黄ばんだ時刻を憶ひ出すとして、タダ物だと思ひきれるか？

(Me voilà)

生活という観念と具体的なもののあいだに、中也がたしかな幅を設けようとしているのは了解できないことではない。しかしここに、小林秀雄の『様々なる意匠』の一節を入れてみるとどうなるだろうか。

人間は生涯を通じて半分は子供である。では子供を大人とするあとの半分は何か？　人はこれを論理と稱するのである。つまり言葉の実践的公共性に、論理の公共性を附加する事によって子供は大人となる。この言葉の二重の公共性を拒絶する事が詩人の実践の前提となるのである。

小林秀雄のいう、言葉の二重の公共性とは、黙契や習俗、習慣のなかにある言葉の上に、社会規範としての制度の言語がくわわることである。論理の公共性とは、この社会規範としての制度の言語を指す。言葉の公共性を拒絶する行為とは、言うまでもなく自己表現の言語を指している。この時代、言語の幻想領域に気づいていたのは、おそらく小林秀雄ひとりだったのではあるまいか。それをみちびきだしたのは、実生活との密接な背反的な関係をしいることを覚醒された、自殺をはかる眼差しのなかで用意されたものだった。実生活は常に愚劣であるという、経験から体得された意識のせいでもあった、公共性を拒絶する行為とは、子供が大人にならないということである。無意識的な生活者ということでもあろう。そこに中也の存在を見ることはたやすい。

　中原中也のなかにいま私たちが見ることができるのは、この自己表出の言語表現にいたるまでの無意識裡に近い全像である。そこを指して、中也自身は実生活と呼んでみたかったのだろう。中也のなかでは、泰子との恋愛の挫折は内的には破綻をきたしていない。「口惜しい人」とは、破綻者になりえなかった中也の悲しい叫びであった。生活が終ったところに藝術が存在するということは、泰子との恋愛生活が具体的な生活過程で崩壊に瀕したあと、中也だけの内面に残された表現過程に、中也自身がおどろきをもって気づいたということであった。小林秀雄は退屈のために自殺をはかり、中原中也は倦怠を生の証として、経験の延長線上に表現を持続させること。「生活が終る所」「私は全生活をしたので」などという発言は、ことごとく表現レベルからの中也的な用語法と考えてよいと思う。

　泰子を失い、「口惜しい人」になることが、具体的に中也にあたえられた宿命でもあった。〈ただ二人して泣いてゐませう〉にも、現実には、すでにふさわしかるべき相手は居なかった。「生を愛する」という飛躍した意識はこのときあらわれる。そのとき故郷は生存在そのものの証としての同伴者である。全生活があるかぎり、そこに在りし日はなければならないのである。ここで私たちが注目しなければならないのは、危ういところで中也が成りたたせている全生活をしてしまったあとの充実した意識である。作品行為のなかで感覚世界としての詩的表現の再生を行うためには、全生活のなかに安易に素材や主題を求める態度を捨てることでなければならないし、圧倒的に失なわれた現実に立つことでなければならない。

中也はあきらかに、小林秀雄が言葉をさまざまな意匠として見通したようには虚無にはなりえなかった。小林秀雄はそこで詩や小説という人間臭いジャンルを捨てて、透徹した客観的な眼差しが強く作用する批評というジャンルへ進んだ。しかし、中也は、子供は母親から海は青いものだと教えられる、この概念をそのまま全生活として通過しながら、子供のままで、その概念が破綻するところまでゆきつかねばならなかった。結果的にのみいうなら、生活経験のゆきづまりをこれほど早く直感した詩人もめずらしい。それでもなお中也のたどったのは無意識的生活者としてであった。中也につきまとっている不幸のひとつは、いつもとおいところを見る眼差しで実生活がくづれ去ってしまうことであった。『詩的履歴書』の末尾にある「大正十二年より昭和八年十月迄、毎日々々歩き通す。読書は夜中、朝寝て正午頃起きて、それより夜の十二時頃迄歩くなり」は、まさにくずれ去った生活そのものの実相である。中也の歩行は、あてもなくさまようようでたえずだれかを求めている。邪悪な顔があらわれるのもそんなときであるが、中也自身はむろん気づいていていない。

妹よ

夜、うつくしい魂は涕（な）いて
——かの女こそ正当（あたりき）なのに——
夜、うつくしい魂は涕いて、
もう死んだっていいよう……といふのであった。

湿った野原の黒い土、短い草の上を
夜風は吹いて、
死んだっていいよう、死んだっていいよう、と、
うつくしい魂は涕くのであった。

夜、み空はたかく、吹く風はこまやかに
——祈るよりほか、わたくしに、すべはなかった……

このような詩は、歩行のかなたにあらわれるべくしてあらわれた不幸を自意識化した作品だろう。書かれたのは昭和四年一月、泰子が小林秀雄と別れ、中也にとってふたたびかすかな邂逅の時期がめぐっていた。しかしそれは片恋というべきものであった。泰子は前年九月、松竹に入っ

て睦礼子という芸名を名乗る。中也はこまごまと面倒をみたり、京都へ一緒の旅もしたりするが、泰子にこの元の男にもどる意志はなかった。〈私がおまへを愛することがごく自然だったので、おまへもわたしを愛してゐたのだが……〉（盲目の秋）という中也のなかの蜜月はむざんに破られたままだ。そんなとき、『少年時』に見られるような、在りし日の不吉な風景が作品に一気にあらわれる。

地平の果に蒸気が立って、
世の亡ぶ、兆（きざし）のやうだった。

私がこの稿のはじめで、それぞれ固有の光源（中也にとっての経験）の抹消と再生を経て、中也の感覚世界はふちどられると書いたのは、泰子との最小の実生活をくぐり抜けることによって、中也にとってもかつて見たことのない、在りし日の心象風景が浮かびあがったからである。孤独で侘しい東京の下宿で見た夢は、孤独で侘しい都会の下宿を経験したことによって、すでにもとのままの姿にもどることはありえない。そこで見るものは絶対の風景さえもが溶けてゆく感覚であり、世の亡ぶ兆のような灰色の夏の日の午過ぎの風景を、幼い少年である私が走っている夢である。『少年時』の終連、

私は希望を唇に噛みつぶして
私はギロギロする目で眺めてゐた……
噫、生きてゐた、私は生きてゐた！

この溶けてゆく感覚は、『朝の歌』の〈うつくしき　さまざまの夢〉という終行をつよく打ち消すものであるだろう。あるいは『臨終』の、〈白き空盲ひてありて白き風冷たくありぬ〉という、こころうつろなるものへの冷静な感覚も失われているというべきである。

大岡昇平氏は、「人を愛しすぎるのは不幸のもとである。『己れの如く隣人を愛せ』という言葉は、逆説を弄すれば、自分以上に隣人を愛してはいけないということで、報いられないなら渇きを残す。愛と渇きの悪い循環は多分一生中原を離れないだろう」（朝の歌）と書いている。

たしかに『山羊の歌』は、愛と渇きの悪い循環のうちに組みたてられた詩集である。ゆえにそこには、それを誘いだした実生活とともに、詩のめざめの季節が朱々とかさなっていたという言いかたをしてもよい。中也の恋愛体験（性体験）は早く、文字どおりそれは未熟なままで閉じなければならなかった。そして疑いもなくこの早熟な少年には、言葉よりも早く経験が先にあったのである。『Me voilà』のなかの「実生活は論理的にやるべきだ！」という主張は、同じ文脈のなかでは、意味だけを見るということにもみえている。中也は実生活のなかでは、女性のだれもがもつ現実的な感覚に破れたのだが（富永太郎の恋愛もそうだった）、この中也にままならぬことがあることを知らしめることになった喪失経験は、喪失とともに、これまで中也に気づくことのなかったたくさんの負の感情をも知らしめる結果となった。倦怠やむなしさは、ボードレェルやヴェルレェヌをとおしてもやってきたが、それを裏づけるための中也の実生活は、直接にぜん ぶ泰子がもたらしたものである。中也の異端はのっけから悲哀の衣裳をもってあらわれた。倦怠は生きることの手段であり、告白はときには歩きまわることと同義語であった。「レッテのヴェルレーヌ訪問記を翻譯しようと思ってゐる。これが恐らく今年春の全労働となることだらう」(昭和五年五月八日安原喜弘宛書簡)ここでは、そして告白することも中也にとっては全労働になりえたのである。すべての負の感情は泰子との生活のあと(片恋の時代もふくめて)にやってきた。「手紙ありがたう。その後『しばらく』に二度出掛けて飲んだ。秋子といふ女は、知れば知る程アラが見えてくる。まるでウソつきだ、まるでフザケて生きてゐる。七月に君自身もう二三度も眺めれば分ることだが、近頃ヒドイ」(仝年五月二十一日安原喜弘宛書簡)もし、この酒場の女秋子が中也になびいたならば、そこで泰子は確実に消える運命になったはずである。しかし秋子はなびかなかった。癪にさわっても見栄を張っても、中也の邪悪はこれ以上にはすすみようがない。

失せし希望

暗き空へと消え行きぬ

わが若き日は燃えし希望は。

夏の夜の星の如くは今もなほ
　遐(とほ)きみ空に見え隠る、今もなほ。

暗き空へと消えゆきぬ
　わが若き日の夢は希望は。

今はた此處に打伏して
　獣の如くは、暗き思ひす。

それが暗き思ひいつの日
　晴れんとの知るよしなくて、

溺れたる夜の海より
　空の月、望むが如し。

その浪はあまりに深く
　その月はあまりに清く、
あはれわが若き日を燃えし希望の
　今ははや暗き空へと消え行きぬ。

『失せし希望』は、『盲目の秋』『妹よ』『無題』（山羊の歌）『汚れつちまった悲しみに……』などとともに、昭和五年四月〈白痴群〉第六号（終刊号）に発表された。それに先だって書かれた『修羅街輓歌』（〈白痴群〉五号に発表）の序歌の部分

忌はしい憶ひ出よ、
去れ！　そしてむかしの
憐れみの感情と
ゆたかな心よ、
返って来い！

今日は日曜日

縁側に陽が當る。
――もういっぺん母親に連れられて
祭りの日には風船玉を買ってもらひたい、
空は青く、すべてのものはまぶしくかゞやかしかった……

忌はしい憶ひ出よ、
去れ！
去れ去れ！

中也が、「佐規子（泰子のこと）のことさえ忘れられれば、僕も飛んで行きたい」と、フランス行の希望をのぞかせたのは、先の秋子の出てくる同じ書簡のなかであった。九月中央大学予科に編入学。フランス行の手段として外務書記生を志し、そのため東京外国語学校入学の資格を得るための入学であった。

〈白痴群〉が解散したのは同じ年の四月である。『詩的履歴書』には「以後雌伏」とある。さらに昭和十二年、千葉の精神病院で記した雑記のなかにつぎのような記述が見られる。

翌年『白痴群』なる雑誌を出しましたが、何分当時の文壇は大方赤く、雑誌が漸くだれてゐました所へ同人の一人と争ひといふやうなわけでその雑誌はやめになりました。其の後その一人その時は皆に可なりよく取入ってゐましたのでむしろよく思はれてをりましたが、今ではみんなからシャーく\した奴だとの様思はれてをります。

その雑誌がやめになってみますれば、他と共に雑誌を始むべき者も見当らず、独りでコツく\と書いては数人に見せて、お茶漬くらゐならどうにか一生食ってゆける境遇に甘んじて、四五年を過しました。

ここで争ひをおこした同人とは大岡昇平氏のことである。氏は当時の同人は、中原がそんなにこの雑誌を大事にしているとは知らなかったとしるしている。しかし結果的には、中也中期の主要な作品はこの雑誌に発表された。同人は他に、河上徹太郎、阿部六郎、村井康男、内海誓一郎、古谷綱武、富永太郎、安原喜弘の諸氏であった。中也が本格的に注目を浴びるのは、小林秀雄の紹介により、〈四季〉季刊第二冊に作品を発表した昭和八年以後のことである。

若き日の希望はすべて暗き空へと消えていったという落魄の意識は、『修羅街輓歌』では、〈忌まはしい憶ひ出よ、去れ！〉という、意志的な内心への敵意によって構成されている。また五七調二行八連構成の『失せし希望』の整序化がもたらすものは、〈暗き空〉のルフランによる、抑制された内的興奮ともいうべきものであるが、『修羅街輓歌』ではいかにも輓歌らしく、しばしば〈！〉をもちいて、戦闘的鎮魂歌といった体裁をそなえている。

そして、『羊の歌』と題された、自己俯瞰の詩のなかでも、中也はくりかえして泰子のことを問いかけねばならなかった。

サルトルは『ボードレール』のなかに書きとめた。

ボードレールは、自分を深淵と感じる人間だ。それは自負心、倦怠、めまいのことである。つまり彼は自分の心の奥を深く覗き、比類のない、伝達しえない、創造されたのではない、無意味な、無益な、最も完全な孤独の中に捨てられ、ひとりで自己の重荷にたえ、自分だけで自分の存在を正当化せねばならず、絶えず自分からのがれ、自分からすり抜けて瞑想に閉じこもる自分を眺めている。

中也が、少なくともサルトルのいうボードレール的環境の中にいたことは認めなくてはなるまい。

いかに泰子、いまこそは
しづかに一緒に、をりませう。
(時こそ今は……)

その泰子が空の空のなかにしか居ないことも、中也は認めねばならなかった。ごくささやかな生活経験はすでに去っていたのである。一人で自己の重荷にたえ、身一點に感じられれば、萬事において文句はないと歌わねばならなかった。

昭和十年秋

中原中也が死んで十二年たって戦争はおわり、昭和二十四年に、(文芸) 六月号に小林秀雄は中也について六度目の筆をとった。大岡昇平氏が、中也伝の最初の部分、『揺籃』を同じ雑誌に書いたのはその二カ月あとだった。

青春の時間を回想させる強いなにかがあったからだろう。『中原中也の思い出』がその文章である。いままで書かれたもののなかではいちばん長い。

彼の詩は、彼の生活に密着してゐた。痛ましい程。笑はうとして彼の笑ひが歪んだそのまゝの形で、歌はうとして詩は歪んだ。これは詩人の創り出した調和ではない。中原は、言はば人生に衝突する様に、詩にも衝突した詩人であった。彼は詩人と云ふより寧ろ告白者だ。彼はヴェルレェヌを愛してゐたが、ヴェルレェヌが、何を置いても先ず音楽をと希ふところを、告白を、と言ってゐた様に思はれる。彼は、詩の音楽性にも造型性にも無関心であった。一つの言葉が、歴史的社会にあって、詩人の技術を以ってしても、容易にはどうしてもならぬどんな色彩や重荷を得て勝手に生きるか、こゝに自ら生れる詩人の言葉に関する知的構成の技術、彼は、そんなものに心を労しなかった。労する暇がなかった。大事なのは告白する事だ、詩人を作る事ではない。さう思ふと、言葉は、いくらでも内から湧いて来るように彼には思はれた。彼の詩学は全く倫理的なものであった。(中略)

告白するとは、新しい悲しみを作り出す事に他ならなかったのである。彼には自分の告白のなかに閉じこめられ、どうしても出口を見附ける事が出来なかった。彼を本当に閉じ込めてゐる外界といふ実在にめぐり遭ふ事が出来なかった。彼も亦叙事性欠如といふ近代詩人の毒を充分に呑んでゐた。

小林秀雄にとって、戦争の時代をはさんで、『ドストエフスキイ』『無常といふ事』『モオツァルト』などとくぐり抜けて、美学や言葉に対する鋭い孤独(空洞の意識)に達したあとの発言だけにとりわけ興味深い。大事なのは告白する事だ、詩をつくることではないという、中也への洞察の根拠の裏には、昭和二十一年に書かれた『モオツァルト』における最初の実際の楽音だったという、表現の純粋性をめぐる自意識の問題が横たわっていよう。モオツァルトのなかに小林秀雄がじっさい見たものは死んだばかりの母親の死体のそばで深夜ただひとりで、父親にたいする嘘の報告と友人にたいしてよけいなおしゃべりを長々と書いている、おとなぶった子供でもなければ子供じみた大人でもない、孤独を知らぬ子供のような姿だった。「父親に嘘をつかうといふ気紛れな思ひ付きが、あたかも音楽の主題の様に彼の心中で鮮やかに鳴ってゐる」いままで見たこともないモオツァルトの心相だった。

あるいはモオツァルトは歩きかたの達人であったという。一見唐突な発言を見せたあとの、モオツァルトは目的地などを定めない歩きかたが目的地をつくりだしたのだという、作品行為の自由自在を証明するもうひとつの思いをかさねてよいかも知れない。モオツァルトのばあいには、自意識の核にある音が、まさに荒唐無稽な自由さで、この歩くという身近な行為を保證していた。大事なのは告白することだと、中也にむけて小林秀雄が語ったとき、彼のなかには過ぎし日の中也が、モオツァルトにまさに二重うつしになるように投影したであろうことはうたがいない。この点では、告白することと歌うことのあいだにそんな大きな差異はない。ないからこそ小林秀雄はこんなふうにも言ってみたかったのだろう。差異もなにもない交換可能のままで、言葉のもつさまざまな俗性（歴史や社会の存在）にたいする無関心という一点が内部で言葉と直接ふれあっている。小林秀雄はその音を聞いたにちがいない。そこを告白と考えたのだ。このモオツァルトの〈音〉に拮抗する中也の心域は、江藤淳もくりかえしのべるように、生活する中也のなかの〈無垢〉であったと言ってもよい。「彼の詩は、彼の生活に密着してゐた、痛ましい程」と、小林秀雄が言ったのもおそらく同じ意味であろう。その無垢が招きよせるもの、小林秀雄の文脈でたどるなら、それが詩人の言葉に関する知的構成の技術、そんなものには心を労しないという一貫性であった。小林秀雄が長いあいだ煩悶していた、具体的な行為の現実性をささえるはずのかけがえのない思想が、中也のばあいにはまるで片肺飛行のように、まず具体的なものを見るという一過性のところからすっぽり抜けおちていた。意識されることもたった一度もなかった。生活経験にたいする独自な解釈や形式はゆえに存在する前に拒んでしまっていた。小林秀雄が〈白樺〉派の志賀直哉から出発しながら、マルクス主義隆盛期を論争的に通過することで、思想の意味を自覚し、自然主義の生活主義にたいして、表現の自立としての思想主義を徹底して対峙しえた昭和初期の時間のなかでも、中也はひとりの友人としてあるいは彼の詩をよく理解し発表させてもくれた紹介者としても、生身で日々接触しながら、そこからなにものをもえようとせずいまさらのように動かなかった。ただひとつの純化のみをめざしているものに、小林秀雄には見えたにちがいない。昭和九月六月、中也の『骨』が発表されたあとの、『中原中也の「骨」』という文の、「やっぱり骨があった様に歌が残った」という感想などは、理解したいというぎりぎりの心情があふれていて、むしろ小林秀雄のがわにたっていじらしい。かくて無垢がのこり、告白が残された。前章でのべた、ごくささやかな生活経験の作品行為の時間における感覚的な最大値への転換という、大事な関係がのこされたのである。

なにゆゑに　こゝろかくは羞ぢらふ
秋　風白き日の山かげなりき
椎の枯葉の落窪に

幹々は　いやにおとなび佇ちゐたり

枝々の　拱みあはすあたりかなしげの
空は死児等の亡霊にみち　まばたきぬ
をりしもかなた野のうへは
あすとらかんのあはい縫ふ　古代の象の夢なりき

椎の枯葉の落窪に
幹々は　いやにおとなび佇ちゐたり
その日　その幹の隙　睦みし瞳
姉らしき色　きみはありにし

その日　その幹の隙　睦みし瞳
姉らしき色　きみはありにし
あゝ！　過ぎし日の　仄燃えあざやぐをりをりは
わが心　なにゆゑに　なにゆゑにかくは羞ぢらふ……

詩句のなかに死児の亡霊が出てくる。だが、在りし日の歌、というサブタイトルがつけられたこの『含羞』が書かれたのは、長男文也が亡くなる一年前のこと、昭和十年十一月であった。死児の亡霊は、昭和二年に書かれた『無題』のなかにも、つぎのようなかたちで姿をあらわしている。なぜか詩集に採られていない。前半三連、

疲れた魂と心の上に、
訪れる夜が良夜(あたらよ)であった……
そして額のはるか彼方(かなた)に、
私を看守(みまも)る小児があった……

その小児は色白く、水草の青みに揺れた、
その瞼(まぶた)は赤く、その眼(まなこ)は恐れてゐた。
その小児が急に自殺すれば、
美しい唐縮緬(たうちりめん)が跳び出すのであった！

しかし何事も起ることなく、
良夜の闇は潤(うる)んでゐた。

私は木の葉にとまった一匹の昆蟲……
それなのに私の心は悲しみで一杯だった。

詩の後半、いま死のうとしているお婆さんが出てくる。去っていった長谷川泰子にたいする苦しみの集中的表現のひとつと考えられるが、さしあたってここでは必要ない。そしてここに具体的にあらわれた死児こそは、中也の自然（内部）に深くふちどられた原初的なイメージのひとつにちがいない。良夜は可惜夜の意識的な置きかえであろう。大岡昇平氏は評伝のなかで、「死者との交流は、深夜夢から醒めた時なぞ、彼を襲った幻想であったらしい」と、書いている。大事なのはそのあと、「彼がそれを自分の詩法として押し進めたことに重ねて注意したい。ちょうど小説家が怪談を作るように、彼は幽霊を案出した」であろう。

これは小林秀雄の「彼を本当に閉じ込めてゐる外界といふ実在にめぐり遭ふ事が出来なかった。彼も亦叙事性の缺如といふ近代詩人の毒を充分に呑んでゐた」のそのままの裏返しである。無関心が内部に滞留し、内部から相対化することで変容がうながされたのである。

中也の内部は、自然（故郷）にたいする切ない思いで充満している。これでは故郷が面喰らってどぎまぎするほどに。無垢とは一本の細い糸である。無防備のままにピンと張りつめ、外部に風があることさえ気がつかないでいる。なにか得体の知れないもの（たえず外部からくるものは得体が知れないのだ！）が糸にふれ、そのたびに激しい震音を起こす。一八二四年にゲーテは言った。「七十五年の全生涯において、真に幸福であったのは四週間とはなかった、とさえ断言できる」中也もまた四週間をめざしたのである。いうまでもなくのこりはことごとく不吉と不幸と同居しなければならなかった。この良夜は、中也を終生つらぬいた妄想の源泉とかんがえてよいだろう。この詩の終りの方ではつぎのフレーズがあらわれる。

神様は遠くにゐた、
良夜の空気は動かなく、神様は遠くにゐた。

遠くにいる神様とは、具体的にははるかかなたの〈看守る小児〉そのものであろう。中也の情念を構成する中也が張った無垢の細い糸は、芥川龍之介の『蜘蛛の糸』とは反対に、地上から天上（彼岸）をめざしている。たえず不幸があるという色彩をまとって。ついに〈神様〉に変容する。中也の神様とは、心的なものの経験的に語られた結末である。信仰とは結びがたい。そのとき、看守られている〈私〉は、悲しみをいっぱいたたえた木の葉にとまった一匹の昆虫になっている。中也がめざした自然（神）との関係には、こんなふうに死児の亡霊のイメージと、その対象によって切りとられたかぎりなく小さい私がある。中也の死者たちは、風が吹くとか、虫が鳴くとか、蚊の飛ぶ声が聞こえるとかをきっかけにしていると大岡氏も書いているが、このかぼそさこそが、大きな内なる自然によって看守られたいという願望そのものであると言ってよい。小さい虫になって看守られたいというのは、外界を閉ざした自意識がかろうじてささえている、内的な秩序がかもしだす感応する意志とみてよいだろう。小さい虫になってはじめて、看守られるという妖しい関係は成り立ったのである。ここで悲しむこと自体が生活の全部になっている。『含羞』がもたらした在りし日を、私たちは過ぎし日にも幼なかりし日へも、置きかえて読むことは許されないだろう。おそらく〈含羞〉とは、過ぎこしのきれぎれの日々の生活した全部にささげた中也の、考え抜かれたあげくのたった一言の思慕だったのではあるまいか。これもまた「笑はうとして彼の笑ひが歪んだそのまゝの形」（そんな中也の顔を小林秀雄は数多く見ながら暮していたにちがいない）の、究極の自己表現だったのではあるまいか。ここではかたときも落魄することのなかった死のイメージも、みちみちて柔らかく抱きとられる。それはさらに、〈古代の象の夢〉のかなたへと遡行して行く。その遠いところから、折りかさなってつぎつぎと死児たちの亡霊の背中をうつし出す。るいるいたる死者たちのつながりの上にるいるいたる生のいとなみはつづけられていて、いちばん深いかなたへ〈神様は居た〉と中也はなにげなくおいたのだった。そんなふうにこの詩は書かれている。そのどちらがわ（彼岸と此岸）へアクセントを置いて自分の存在を見るかは、もはや読者のそれぞれの気まぐれにすぎない。『含羞』は告白の歌であろう。それも告白でなければならないように書きこまれた告白の歌であろう。しかも実人生のなにごとかを要約している。ここでは『朝の歌』で見せたような現在時の風景はきっぱりと絶たれている。このとき中也はもっとも過激な思いのなかに身をおいて、自分のなかの暗い穴を見つめていたにちがいない。それは死の世界に身をおきながらなお生きているという実感だったにちがいない。〈なにゆえに　こころ羞ぢらふ〉は、まちがいなく自分の生存にたいする自問自答だ。〈その幹の隙　睦みし瞳　姉らしき色　きみにありにし〉の姉らしき色とはこの自問自答をささえる具体的な表現だが、そこは相聞になっている。この時期、中也はゴンチャロフの『オブローモフ』を読みながら笑いださずにはおられなかったように書いているが、オブローモフの経験したたったひとつの外部の事件とはネヴァ河にかかっている揚げ橋が揚げられたために恋人のオリガとの逢曳が駄目になったことだけであった。この詩でも他者（関係）をうかがわせるたったひとつのイメージとは、この相聞の色合いをもった〈姉らしき色　きみ〉だけである。これは三連四連にルフランする。中也はこれで関係の全部を告白してしまった。あざやぐとはそれにつけられた色彩だが、結果的に気ずかされるのは、告白とはもともと多少のはじらいをふくむものであろうということである。そしてここでは色彩とは、告白のうちから純粋に含羞をみるために、わざわざ放たれた色彩だと言っておいてもよいだろう。

私自身は、この〈姉らしき色　きみはありにし〉に、長谷川泰子を連想することも、富永太郎を思ってみることも、それ自体の詮索は無意味であろうと思っている。考えかたとしては、中村稔氏がいう、中也の『夭折した富永』という文章に出てくる、「さしづめ、彼は教養ある『姉さん』なのだが、しかしそれにしては、ほんの少しながら物質観味の混った自我がのぞくのが邪魔になる」にもとづく、姉＝富永太郎がいちばん妥当なことのように思われる。しかしそれによって、なにも富永太郎が特定できるというわけではない。大切なのは、このときの中也の用語例だ。兄さんではなくなぜ姉さんとしたのだろうという、中也の富永太郎にあてた哀切である。具体的なかたちとしては、長谷川泰子と富永太郎の混淆の上にこのイメージは築かれたものと考えるべぎであろう。在りし日に属するものがすでにすべて死んでしまっているのは、大岡昇平氏が中也伝でのべているとおりである。そんな在りし日にかこまれた日々の生活を中也は告白したのであった。むづかしいのは、むしろそんな虚無の相に放たれた、一種甘美で芳香で典雅なレトリックの響きであろう。ここでもモオツァルトと同じように、中也はまちがいなく歩行者になっているのである。モオツァルトが『フィガロの結婚』序曲をプレストだけのたった四分だけの作品にしあげたのは、ただ面倒だったからにすぎなかった。中也にとっては詩は衝突してしまわねばならないことであった。

『含羞』前後の昭和十年秋の中也についていろいろ考えてみたい。『含羞』の原稿が〈文学界〉に発送される二週間ばかり前、昭和十年十月二十日の日記に、中也はつぎのように書きとめた。

ドストフスキイの地下生活者の手記を読む。――誰が、この物語の気持を、全部的に了解するであらうか？　尠くも私の身邊には、誰一人としてゐさうもないのであるけれど、これを読んで面白いといっている人は可なりにあるのだ。然るに自分等の日常生活に於て、此の作品の示すが如きレアリテを嘗て彼等の誰一人として見たことはないことを私は確信している。

もし此の物語の語られてゐると同一の調子で何か云ってみろ、みんなたゞ変な顔をするだけだ。

この日付のあとから中也は、『含羞』の原稿発送日までに、ゴンチャロフの『オブローモフ』、ルヰ・コデの『poèmes et chansons』、フィリップの小説などたてつづけに読みまくっている。冒頭から長椅子に寝そべったままのオブローモフの怠惰と無関心の生活に、あるいは外面的な事件（関係）が徹底的に省かれたゴンチャロフの構成に中也がつよい関心をしめしているのは、『地下生活者の手記』を読んだこととむろん無関係ではない。そして『地下生活者の手記』が、内的独白という文学形式の最初のもっとも徹底した完成者であることは、ジイドが指摘していることであった。日常的な社会生活のいっさいから断絶して暗い陰気な穴倉のような片隅で、純粋に内的な瞑想と思索だけに没頭しているこのようなタイプの人間像を描くには、独白形式しかなかったであろう。というよりも、独白形式の独自な完成をめざしたがゆえにドストエフスキイは、世間から完全に自己疎外された落伍者のような人物をことさら必要としたのだった。小林秀雄は、「僕には、一つの計畫がある、狂者となる事」という、ドストエフスキイが十七歳のときの兄ミハイルにあてた手紙を引いて、その意志が、『地下生活者の手記』のプロロオグの発想に、正確に対応するだろうと述べている。そのプロロオグに、ドストエフスキイは書きつけた。

わたしはきわめて近き過去に属する性格の一つを、普通よりも明瞭に、公衆の面前へ引きだしてみたかったのである。それはいまだに余喘を保っている世代の一代表者なのである。

（米川正夫訳）

さらに小林秀雄は

作者は、此の露骨なプロロオグを、穏やかな序言に代へた。併し、獨白が始まると、凶暴な嵐が読書を捕へる。序言の言う『滅ぶべき時代の代表者』に作者は乗移って了ふ、果して自分は滅ぶべき人間か、と。「手記」は突然僕等に話しかけ、僕等は眩暈を感じつゝ、彼の地下室へ招かれる。僕等が地下の臭ひの何たるかをやゝ了解する頃を見計って、この男はまた突然口をつぐむ。読者の眼前には、強力な手で触れられた胴体がある。

文中、プロロオグは、兄ミハイルにあてたドストエフスキイの手紙を指し、私のいうプロロオグがここでは序言になっている。小林秀雄がのべたことのひとつは、地下生活者の男とは独白のために生き、独白という以外にこの世ではもはや何ひとつすることがなくなってしまった男だということである。独白のために、ドストエフスキイが演出した男なのだ。このことは計画的に狂者となるというドストエフスキイの少年時代の命題が表現法としてこの独白形式のうちにひきつがれていることを物語っている。つまり狂者とは純粋に内部においてのみ生きるという意味において、生活社会から隔絶されたもののことであり、ゆえに内部における相対者としての独白者なのだ。

中原中也の十月二十日の日記には、例によって邪悪な中也が顔をのぞかせている。この物語の気持を全部的に了解するものは自分の身辺には誰一人として居そうにない云々と、高飛車に書きつけていることである。小林秀雄が、私が引用した文のある『「地下室の手記」と「永遠の夫」』を書いたのは、それからまもなくの十二月のことであった。中也が『地下生活者の手記』を読むのに、小林秀雄を経なかったという根拠はない。誰一人、とことさら書いているのはあきらかに小林秀雄を意識した嫌味な記述のひとつであろう。

しかし中也が、小林秀雄とはちがったふしぎな読みかたで、たしかに『地下生活者の手記』の世界に迫ろうとしていたことはたしかなようである。地下生活者はいきなり、「わたしは病的な人間だ……わたしは意地悪な人間だ。わたしは人好きのしない人間だ」(米川正夫訳)という、独白者のひねこびた自己規定から出発する。邪悪な存在は中也とちがって、はじめから意識の劇として登場する。さらにつぎのような補足がくわわる。

「わたしはもう前からこんな生活をしている、——かれこれ二十年にもなろう。いまわたしは四十だ。以前は勤めていたが、いまは浪々の身の上だ。わたしは意地の悪い役人だった。依估地になってわざと中傷したのだ。」

「わたしが意地の悪い役人だったといったのは、あれは自分で自分を中傷したのだ。依估地になってわざと中傷したのだ。」

「わたしは単に意地悪な人間ばかりでなく、結局なにものにもなれなかった。」


小林秀雄のいう独白による狂暴な嵐とは、このような自己規定をめぐる二重三重の暗転からも想像されなくてはならない。しかもそれが小説の主人公であるかぎりにおいて饒舌であり、すべての観念をここでは一度に語り切る役目を背負っていなければならない。仮構世界における独白者であることによって（まさにドストエフスキイの眼差しによって）語り切る人でなければならないのだ。絶望というひと言のためにも、独白者は独白するという行為のみの存在から離れることができず、ついに独白する人になってしまわねばならない。中也が、「この物語の気持」と書き、さらに「もし此の物語の語られてゐると同一の調子が何か云ってみろ、みんなたゞ変な顔をするだけだ」と、最後の一行に書きつけたことは、中也の赤裸々なおどろきが、すでに虚構をひっくりかえすぎりぎりのところにまで達していることを物語っている。圧倒的な内部の前で、中也は奇妙な作中人物との一体感を経験してしまったのであろう。中也の内奥の、いまだ告白にいたらぬ朦朧として隠されたままの、中也自身にとって無意識の秘密の世界が、地下生活の主人公によって容赦ない揺さぶりをかけられてしまったのだ。なぜなら、地下生活の主人公の行為はすべて意識行為なのだ。ここで独白の狂暴な風に、中也のなかの告白が真剣なはじめての動揺を経験しているのをわたしたちは見なければならない。つまり中也は、地下生活の主人公の激しい独白に、どこかでその厚みにとおくおよばないでいる自分をはっきりと見つめなければならなかった。歴史や社会にたいして無関心でいる自分を、より深い無関心が痛烈に撃ってきたのである。撃たれたのはむろん中也の無垢だった。オブローモフへの惹かれかたには、この痛烈な衝撃のあとの、それに似たままの傷心を癒すような一種の安らぎがなかったとは言いがたい。

　中也が実際生活の場において、自分のふるまいにさまざまな演技を必要としたことは、のち精神療養所に入ってからの『千葉寺雑記』の、「その一人その時は皆に可なりよく取入ってゐましたので」などの記述によってもあきらかである。半身だけには醒めた意識があったと思うべきであろう。つまり邪悪なときの中也には、具体的な邪悪がその生活を駆けぬけてしまう前と、そのあとのうしろがわの時間には、きまって冷え冷えと自己嫌悪をともなった自意識が襲いつづけた。〈羞ぢらふ〉の実質が、在りし日のぜんぶを引き受けるときの現在時の自意識には、この自分を被いつくした痛ましい邪悪への沈黙がかくされるように思われる。この沈黙こそがかなしげな、〈姉らしき色　きみ〉の在りし日への、〈羞ぢらふ〉の実質となるべきものの姿であろう。甘美と典雅はすでに長いあいだ中也のものであった。そこで中也流に叙情された混沌は、『朝の歌』のばあいといったんは同じく、整序化された形式としてじっくりと耐えかつ腰をおちつけたのであった。

すでにここには、本来の中也にとって大切な、苦痛も不幸もそのぜんぶが語られてしまっていると言ってよいだろう。ちがうのは地下生活者のぜったいの自意識がもっている、たとえば二二が四という自然の法則の壁のなかに閉じこめられて、その壁をぶち抜くこともできないし、和睦することもできないという、独白者をみずから追いつめているより徹底した内部を求めての袋小路の世界であり、その徹底性である。小林秀雄は、『二二が四が死の端緒だ』という凶暴な弁證法は、生の端緒を握った人の手によって行はれていない」と言っているが、すくなくとも中也にとってこの一点は、もしかしたら自分の内心を一気に逆なでする衝撃だったかもしれなかった。泰子を愛しつづけるという中也の自意識は、たしかに中也に不幸しかもたらさなかった。しかしそのみごとな内向性によって、中也は生活に密着したその無垢を失うこともなかった。ゆえに不幸をまるがかえにしたモオツァルトの歩行者への再生が可能であった。問題はのこされたというべきかも知れない。それはドストエフスキイの劇と中也の作中人物への一体感のあいだの誤差、ないしはずれともいうべきものであろう。

小林秀雄の発言には、この無垢を失うことのなかったものへの鋭く長い羨望がこめられている。告白するとは、袋小路の壁の一歩手前で、自分の愛し続けるという実存をかみしめることである。そのかぎりで関係は無関心の内側に最後にのこされた。中也の不幸をまるがかえにして生きていくさまを、小林秀雄もまた地下生活の独白者との深いずれのなかで見つめねばならなかった。小林秀雄の中也狂死（じっさいは脳膜炎であった）への錯乱はこのとき起きたように思う。独断的な言いかたをすれば、中也の不幸は、地下生活者の自意識のこちらがわにあるという問題である。こちらがわとは、外界の実在である。その斜めむこうに、ほとんど見えない影をおとしながら、ドストエフスキイとモオツァルトが奇妙な同じ眼差しで同じ方向に並んで座っている。

中也は死の迫った昭和十二年四月二十一日の日記で、もう一度『地下生活者の日記』にふれた。

『地下生活者の日記』（ドストエフスキイ）
読了。此の本は、もうこれで三度目だ。もう二度と読まないことにする。人間は、醜悪なものだ。然るに人々はさうは思ってをらぬ。
かくて人生は、愚劣なものだ。詩の世界より他に、どんなものもこの世にあるとは思はない。

まちがいなく中也にとって、『地下生活者の手記』を読んだことは不思議な体験だった。ついにこの作品を三度読んだことでも納得されよう。子供が夜ひとり床に寝ていて、こわいドラマを読みながら思わずページを伏せてふとんを被りながら、なおそっと首だけだしてまたつづきを読むというふうに、中也もはにかみ、ののしり、てこずりながらついに三度までもその本を手にしなければならなかった。この日記も最後の行は居直りである。だれも見ないはずの日記に書きつけられた嫉妬である。だだをこねると言ってよいだろう。「かくて人生は、愚劣なものだ」は、作品への解答にはなっていない。むしろこの人生にどこまで自分自身がこめられるかが問題だ。だが近親憎悪のような筆法のうちに、病む中也が惹かれて疼いているようすは手にとるようにうかがえる。地下生活の主人公は、「世界が破滅するのと、この僕が茶を飲めないのと、どっちが一大事かと思う？　その答――世界は破滅しても、ぼくはいつでも茶を飲まなくちゃいけないんだ」という二元論をたてにして、利己主義でなまけ者であることを積極的に暴露する。どちらも大事という発想は絶たれてしまっているからである。そして、なんにちも来訪を期待して、待ちこがれたはずの娼婦リーザを目の前にして、「私の目は情欲にぎらぎら輝いた。わたしはぎゅうと彼女の手を握りしめた。その瞬間、私はどんなに彼女を憎み、どんなに彼女にひかれたことだろう！」という二つの感情を同時に経験する。小林秀雄はそこから、ひとりの人間の生きることの大切な、実体的なものからだけでは成立することのない（仮構されたものとしてしか扱うことのできない）中心点を探し求める。中也の経験したものは、それとは逆の、作中人物のがわにはっきり身をうつしてしまうことであった。中也の日記の捨て科白に近い最後の行は、二つの感情を同時に持つことの困難さをいわずもがなに語っている。そして中也は事実二つの感情を同時にもって泰子を愛したのである。

冷たい夜

冬の夜に
私の心が悲しんでゐる
悲しんでゐる、わけもなく……
心は錆(さ)びて、紫色をしてゐる。

丈夫な扉の向ふに、
古い日は放心している。
丘の上では
柿の實が罅裂(はじ)ける。

此処では薪が燻つてゐる、
その煙は、自分自らを
知つてでもゐるやうにのぼる。

誘はれるのでもなく
覓(もと)めるでもなく、
私の心が燻る……

この詩が書かれたのは『含羞』の二ヶ月あとであった。一月十五日〈四季〉あてに発送された。そのあいだに『頑是ない歌』『冬の日の記憶』などが書かれた。『冷たい夜』では『含羞』の文語調はさらりと書きかえられてしまっている。油彩画にたいする水彩画のような淡泊な位置が保たれている。なによりも〈羞ぢらふ〉が〈悲しんでゐる〉に変わっているのが特徴である。

だがこの詩も、かならずしも過去を歌ったものとは言い難い。〈心は錆びて　紫色をしてゐる〉現在があり、放心した古い日とのあいだには丈夫な扉が立っている。これもまた二二が四の自然の法則の厚い壁とみるべきであろう。この時期、中也には長男文也が生まれ、彼はこの子をことのほか愛した。作品も順調に発表されはじめていた。フランス語の勉強をしきりにしていた。

十一月十九日

佛語の勉強。雨シトシト降りて冷寒。近頃訪問者が少ないのでほんとによい。人に會はうものなら勉強なんか出来ない。

「訪問者が少ないのでほんとによい」はあいかわらずの見えっぱりである。そして倦き倦きした感覚が中也をいっそう包みはじめていた。雨はシトシト降っていた、は日記のなかをしきりにルフランする。それが生活であったろう。

その重きメルヘン

死のちょうど五十日前、昭和十二年九月二日付安原喜弘あて書簡、

僕等もお蔭様で、近頃ではそれでもまあ少しは元気に暮らしてゐます　元気といふよりか、ほんとは、此の春以来加はった退屈の度に、幾分馴れた、――馴れざるを得ないからといふやうな有様です　とにかく此の間からランボオ詩集の校正がありましたし、今は自分の詩の清書をしてゐます。何かかにか機械人形のやうにでもしてゐる次第です。（中略）

大岡からお聞及びのことと思ひますが、十月の末頃田舎に引上げます。京王電車の沿線、終點に近いあたりにゆかうかとも一時思ひましたが、やっぱり引上げることにしました。歸ってまあ、あんまりいいこともないのですが、ほんのつまらぬ道の曲り角にも、少年時代がこびりついてゐますし、まあ、なんとなく粘着力は感じられます。それに歸れば近縣旅行くらゐはチョク〳〵出来ます。（中略）

小説も批評も、もう読みたくはありません。読むとすればやっぱり詩です。結局詩だけは

いやでも読むやうなことになりませう。縣廳の衛生課にでも這入れゝば出張が多いし、呑気だし、いいと考へたりもしますが、もう十年前ですと、学歴なんかどうでも這入れたのですが、今はどうかと思ひます。

うまい酒と、呑気な旅行と、僕の理想の全てです。問題は陶然と暮せるか暮せないかの一事です。「さば雲もろとも溶けること!」なんて、ランボオもういやつではありませんか。


書きうつしていてふっと気づいたことは、中也もここまできてやっと憑きがおちたように文章の角がとれてきたな、という思いである。もっとも相手が安原喜弘氏で、一番気をゆるした年下の友人であっただけに多少は割りびかねばならないかもしれない。安原氏は大岡昇平氏と同じ成城高校の出身であり、〈白痴群〉の同人でもあった。同誌解散後、同人たちが中原中也から四散した後もよくつき合った。昭和十五年から同人雑誌〈文学草紙〉に、その一部を伝記的註釈とともに発表しはじめた。戦後書きついで、『中原中也の手紙』を刊行した。〈白痴群〉の昭和五年解散から結婚までの三年間が、中也にとって一番不幸で孤独な時期にあたるが、この時期もずっとそばにいた人であった。

中也はこの年の一月八日、千葉市の千葉寺療養所に入院した。大岡氏の中也伝によると、病気はヒステリーであり、『談話会筆記』のなかの、ヒステリーの療法（ハ）根本的自覚療法がこれにあたると思われている。そのとおりであろう。そのために、患者自身に自分の病因を反省させる目的をもってノートは作られた。その『治療体験録』（筆記者は柏村忠治）の原因のなかで中也は、自分の神経衰弱が、子供が急激になくなって所謂この世が夢のように思われたこと、くわえてその後の弔いのこと、つまり未経験のことをしなければならなかったということ、死ぬ前の三昼夜ほとんど一睡もしなかったこと、子供の亡くなった日が妻の臨月で、亡くなった子供の入院中につぎが生まれるかも知れないありさまだったことなどをあげている。

長男文也が亡くなったのは、前年の秋十一月十日午前九時三十分であった。そのあと十五日ごろから神経衰弱が高じた。二階の位牌を置いたところで一日中頭を下げていたり、二階の窓から一階の屋根へ下りたり、屋根の上に白蛇がいると言ったりした。中也の証言をたどるかぎり、その原因とは、しかしこれは人間のだれもがとおる悲しみのひとつであり、中也の生涯にとって、あるいは世帯主としてこのような負担の多い悲しみをともなった雑事の苦労に、いままでたちあわされたことがなかっただけである。中也も長男であれば、世のどの男たちとも同じように、長男らしい一家のあるじらしいするべきことはしなければならなかっただけであった。だがほんとうの中也はだれからも離れて、たったひとり位牌の前にうずくまって、自分だけの時間を過ごしたかったのだろう。小林秀雄が『ドストエフスキイ』の「序（歴史について）」に書いた、子供を失なった母親に、世のなかには同じような母親が数かぎりなくいたと語ってみても無駄だろう、かけがえのない一事件が、母親のかけがえのない悲しみに均り合っている、といったかけがえのなさとは、ここで常軌を逸した（と人々に思わせた）行為のなかに託される。中也の真実として姿にあらわれたものは、被造主（ドストエフスキイ）のない地下生活の独白者に自分自身がなってしまうことであった。そしてこの時期、事実そうなった。

だが詩は書けた。中也の不思議さはゆきづまればゆきづまるほど、生活実質のがわから追いつめられれば追いつめられるほど、表現のヴォルテージだけはむしろ高くなっていくという逆作用にあった。同じ『千葉寺雑記』の「近代文学の衰弱の原因」のなかで中也は、いきなり赤ん坊あつかいで療養所に入れられいろいろ治療してもらったのはありがたいけれど、そのために実務的人間としてはいささか進歩したかも知れないが、詩人としては出鼻を挫かれたのではないかと落胆している。「昨年末より、一進境をみた私の詩（それらはまだ発表してない）が、当方に参ってよりは、尠くも目下の所一向詩作の気持が起らぬ所をみると」とあり、「詩ときたら三度の御飯よりも好きであったのだから、不安でならぬ」とも書いている。詩を書く中也の鋭い自己省察をみねばならない。医師の考える健全な状態を、中也ははっきりと拒否してしまっている。中也が療養所を退院したのは二月十五日、勝手に出てきた恰好になっているが、むしろその方が自然であったろう。

一進境をみた、とみずからのべた作品は、『幻影』『ゆきてかへらぬ』『一つのメルヘン』『言葉なき歌』『米子』『冬の長門峡』それに亡き文也を歌った『また来ん春……』『月の光』など、いずれも『在りし日の歌』に収録された作品だろう。

また来ん春……

また来ん春と人は云ふ
しかし私は辛いのだ
春が来たって何になろ
あの子が返って来るじゃない

おもへば今年の五月には
おまへを抱いて動物園
象を見せても猫（にゃあ）といひ
鳥を見せても猫（にゃあ）だった

最後に見せた鹿だけは
角によっぽど惹かれてか
何とも云はず　眺めてた
ほんにおまへもあの時は

此の世の光のたゞ中に
立って眺めてゐたっけが……

やはりモオツァルトのことを思わざるをえない。小林秀雄の『モオツァルト』は、モオツァルトに面識があった人々の記録の中から、「朝、顔を洗ってゐる時でさへ、部屋を行ったり来たり、両足の踵をコツコツぶつけてみたり、少しもじっとしてゐない、そしていつも何か考へてゐる」という、義姉のゾフィイ・ハイベルの証言と、「彼はどう見ても大人物とは見えなかったが、特に大事な仕事に没頭している時の言行はひどいものだった。あれやこれや前後もなく喋り散らすのみならず、この人の口からとあきれる様なあらゆる種類の冗談を言ふ。思ひ切ってふざけた無作法な態度をする。自分の事はおろか、凡そ何にも考へてゐないといふ風に見えた」といふ義兄のヨゼフ・ランゲの証言をひいて、モオツァルトの傳記は、この二つの話に要約されると書いている。いま思えることは、まちがいなく小林秀雄は中原中也を得たことで、モオツァルトを書くことができたのだという事実である。これで戦後になって、六度目の中也についての筆をとった理由が納得できる。小林秀雄はモオツァルトのなかに中也を見たのではなかった。中也のなかにモオツァルトを見ることで、ずっとむかし乱脈な放浪時代だったある冬の夜、大阪の道頓堀をうろついていたとき、突然ト短調シンフォニイの有名なテエマが頭のなかで鳴った経験がよみがえったのである。ずっと昔とは、昭和三年五月、長谷川泰子と別れて奈良へ去って、志賀直哉の知遇をえて約一年滞在したころをさす。愛人を中也から奪いとったかたちの小林には、それもけっきょく破綻したあとのうしろめたさが、失われた愛への一雫の落胆とかさなって胸を染めていた。中也が死んだ時の小林の詩『死んだ中原』の

あゝ、死んだ中原
僕にどんなお別れの言葉が言へようか
君に取返しのつかぬ事をして了ったあの日から
僕は君を慰める一切の言葉をうつちゃった

がなによりもそのことを物語る。モオツァルトを理解するように中也を理解しなければならない疼きのようなものが、戦後にいたるまでの時間に耐えてモオツァルトを書かせたのだ。

私の考えでは、二階の位牌を置いたところで、中也が一日中頭を下げていたというのは嘘であり、詩を書いていたのだ。中也が詩を書くときどんなふうにしていたかは、骨肉の人々にも妻にも分かっていなかったにちがいない。この詩はソネット形式の一四行詩だが、雰囲気には白秋もまじり、小唄の調子も入っている。哀調ではなく、軽剽なムードさえにじみでている。じっくりと泣き、めめしくひとりでわめきながら、中也の唇にはこぼれるように歌ばかりがあふれていたにちがいない。それらいっさいの行為がモオツァルトのように無作法だった。もっと独断を許し

てもらえるなら、中也は狂者になどなっていなかった。作品の平凡さがかえってそれを物語る。『月の光』に出てくるチルシスとアマントは、ヴェルレエヌの『マンドリン』という詩の登場人物だが、彼等は流しの伊達なマンドリン弾きである。マンドリンはここではギターになっているが、これとて特別の趣向というわけではない。ちょっと意匠に洒落（しゃれ）ただけだ。これくらいの詩なら中也はいつでも書けるという程度の作品のひとつにすぎない。むしろここで大事なのは、こんなふうにいつでも展開される瞬発的な告白力であろう。それは「詩ときたら三度の御飯より好き」という中也の告白が、そのまま無意識裡の中也の資質と見合って、泣きながら詩を書き、それに手入れしながらしだいに醒めている、告白する中也の状況をつたえている。

小林秀雄の「彼の詩は、彼の生活に密着してゐた」という発言は、この瞬発的な告白力をさすがによく知っていた人のものであるだけに興味深い。位牌の前の中也をまるでみているようだ。すべてはそこから始まった！　この発見は大事であろう。そしてこの二つの追悼歌がみせた泣き笑いの表情こそは、邪悪な中也をひっくりかえした、中也ののっぴりならないかくすことのできないもうひとつの素顔であった。邪悪な中也からは作品は生まれなかったが、こちらがわから聞こえるのは、際限のない告白の原初性（プリミィティヴ）だったのだ。『冬の長門峡』が書かれたのは、十二月二十四日であった。文也を失った極度の絶望と疲労のなかでこの作品は書きあげられた。

冬の長門峡

長門峡に、水は流れてありにけり。
寒い寒い日なりき。

われは料亭にありぬ。
酒酌みてありぬ。

われのほか別に、
客とてもなかりけり。

水は、恰(あたか)も魂あるものの如く、
流れ流れてありにけり。

やがても蜜柑(みかん)の如き夕陽、
欄干にこぼれたり。

あゝ！　――そのやうな時もありき、

寒い寒い　日なりき。

長門峡は、山口、島根の県境から出発した阿武川が阿武の山地を抜けて萩市へ流れ出る間の上流数キロの渓谷。西岸に断崖絶壁がつらなって、その下は階段状に浸蝕され、川床にはいるところに甌穴（おうけつ）があって、曲折する流れは深くて速いところである。

　しかし中也はこのときこの地にのぞんでこの詩を書いたわけではむろんなかった。折しも冬、すでに文也はいなかった。心にはぽっかり大きな穴があいていた。しきりに故郷が思われた。この詩には初稿原稿が残されていて、定稿までの推敲過程をたどることができる。はじめの一行は、はじめ「……流れてありき」の過去形になっていて、それが「ありぬ」の完了形になおされ、さらに「ありにけり」の過去完了形になっている。二連、三連は、〈吾は料亭にありぬ、酒酌みてありぬ。／われのほか客とてなかりき／寒い寒い日なりき〉の一連三行が、ふたつの形に分かれたものである。第五連「欄干にこぼれたり」は、「欄干に射してそひぬ」が原型。全体的には、はじめ各連末に〈寒い寒い日なりき〉の一行が置かれ、ルフランがつよく意識されて、終連は二度定稿のままがくりかえされている。細部にもまだ異動があるがここでは省略する。ただ終連、「あゝ」の下の「!」「――　「「寒い寒い」の下の一字あけは最後にまとめられた。

　ここで気づかねばならないのは、中也の推敲過程にあらわれる細部へのこだわりである。これを見ながら私は、泣きながら推敲しながら醒めていく中也を想像した。しかしそれは私のまずしい経験から言っても、それがモティフにそのまま関係するとはかぎらない。そこに一番つよく動いているのは、発声の強弱濃淡長短をふくめた内的な衝動、律動（リズム）であろう。たしかに中也が書きたかったのは、〈寒い寒い　日なりき〉だった。なぜならこの実感だけがこの詩を書いている時間を具体的に流れたからである。しかもそれを告げるべき対象は他にはなかった。中也はそこからありったけの故郷の再生にかかる。いつどこの風景の孤独と現在の自分を照応させようかと中也は思ったにちがいない。すでに文也の死は、時が停った脅迫観念をいやというほど浴びせていた。私は、〈水は流れてありにけり〉に、にもかかわらず時は流れているという、中也の虚無を感じとってしまわねばなるまいと思う。ここにはあれほど頻繁だった倦怠が後方に去っている。〈客とてなかりけり〉も、そこにはだれもいないという心域の具体化であるだろう。そして文也も中也自身をも押し流すつよい流れをひたすら思ったにちがいない。〈寒い寒い　日なりき〉のルフランが定稿になるにつれて消えてゆくのは、それが最初にはじまったこの作品を駆りたてた一行だったからである。私は篠田一士氏のような「長門峡には水は流れていない。ここにはなにかが凝りついているだけで、一種のかなしい妄執めいたものが横たわっているのである」というような考えはとれない。なによりも私は、寒い寒い日たったひとりで、〈水は、恰も魂あるものの如く、流れ流れてありにけり〉と、流れに祈りをこめる、生にたちつくして彼岸を見つめる中也を見なければならないからである。同時に私は、この詩を回想の詩と考えてしまうことにも疑問をのこしておきたい。中也がほんとうに冬の長門峡をおとずれたことがあるかどうかも疑問だ。

中也は速い流れに乱れる内心の故郷の風景が見たかったのだ。流れにまかせて、あっというまにたどりつく彼岸を夢にみているのだ。この一点では仮構力のつよい作品であると告げておきたい。そして大切なのは流れを見つめている俺自身の眼差しだと、はっきり中也は言っていると私は思う。だから私の疑問は、なぜこのあとたった二週間たって精神病舎にうつらねばならなかったか、という問題になる。この事実にだけはどうしても馴染むことができない。

つぎのようなことも言いうる。篠田が見た妄執めいたものとは、この詩のなかの中也の位置を、彼が好んだ死児の位置にいったん置きかえてしまうことであった。〈水は、恰も魂あるものの如く　流れ流れてありにけり〉に、不吉な音調がぜんぜんないとは言いきれまい。一方ではルフランの減少、「――」のあとの一字空白などは、花木正和氏のいうように、「従来の発想の発条を破壊していることを意味しよう。」さまざまな試みはあらわれたとしても、そのすべてがすっかり塗りかえられてしまうということにはなりえない。この詩は手法的には新旧の混淆であり、過渡期の相をしめしている。そしてその技法こそが中也の生の条件になっている。乱暴な言いぐさだが、〈そのやうな時もありき〉は、つい昨日のことであるかも知れない。

長門峡もまた文也にささげた鎮魂歌であった。この詩の〈われ〉は料亭で渓谷の風景を見つめながら酒を酌んでいるだけで身動かない。動いているのはすべて外の世界であり、気がつくと夕陽は欄干にいたってこぼれている。冬の早い黄昏どきの人の居ない長門峡の水の流れは、窓をしめると音も絶え寂漠そのものであるだろう。〈水は流れてありにけり〉は、どこまでもそれを見ている人の眼差しを思わねばならない。この詩の抑制された抒情は、ひとつは中也の抱いた鎮魂の質であるが、同時に音が失われているのが特徴である。中也は何かを待っている。待っている感覚の透明感が、ときには人に妄執を思わせたりもする。こんなふうに見てくると、私たちはそこに、ひとつの作品がすでに先駆形として書かれていたことに気づかされる。文也が亡くなる以前に書かれた『言葉なき歌』である。

あれはとほいい處にあるのだけれど
おれは此處でまってゐなくてはならない
此處の空気もかすかで蒼く
葱の根のやうに仄(ほの)かに淡(あは)い

決して急いではならない
此處で十分待ってゐなければならない
處女(むすめ)の眼のやうに遥かを見遣(みや)ってはならない
たしかに此處で待ってゐればよい

それにしてもあれはとほい彼方で夕陽にけぶってゐた

號笛（フイトル）の音のやうに太くて繊弱だった
けれどもその方へ駆け出してはならない
たしかに此處で待ってゐなければならない

さうすればそのうち喘（あへ）ぎも平静に復し
たしかにあすこまでゆけるに違ひない
しかしあれは煙突の煙のやうに
とほくとほくいつまでも茜（あかね）の空にたなびいてゐた

ときは夕暮れ。そして待っている中也の心象は長門峡と同じように、消え去っていく風景の中に不動のものとして描きだされる。〈おれは此處で待ってゐなくてはならない〉が、『長門峡』では〈酒酌みてありぬ〉になっただけである。そして〈あれ〉は、とおい黄昏のかなたの色のなかにけぶっている。ここで私たちは、文也を失うことによってかたちづくられた〈流れ〉に着目しておかねばなるまい。この詩の〈とほい彼方〉は、昭和二年八月に書かれた『無題』の〈神様は遠くにゐた〉に通じよう。この作品については、すでに死児がるいるいとよこたわるさまについて書いた。だが『長門峡』ではこの類似が省かれる。そして〈茜の空〉はひとつの外側の風景にすぎなくなっている。

かつて中也は『藝術論覚え書』のなかで、「美とは、宿命である」と書いた。「藝術といふのは名辞以前の世界の作業で、生活とは諸名辞間の交渉である」と書いた。藝術圏と生活圏、詩と俗の対立という二元論は、中也の考えかたのひとつの根柢だが、この彼岸のすべてが〈とほいところ〉あるいは〈彼方〉という言葉によって、表現されたものの世界に溶けこまされているのも、この藝術圏を生活圏から区別するひとつの内因になっている。

冒頭の安原喜弘あて書簡のなかに出てくる『ランボオ詩集』のあとがきに中也は書きつけた。「云換れば、ランボオの洞見したものは、結局『生の原型』といふべきもので、謂はば凡ゆる風俗凡ゆる習慣以前の生の原理であり、それを一度洞見した以上、忘れられもしないが又表現することも出来ない、恰も在るには在るが行き道の分らなくなった寶島の如きものである」

これを書簡の私が引いた最後の部分、「『さば雲もろとも溶けること!』なんて、ランボオもういやってはありませんか」にかぶせてみてもよいだろう。ランボオの「生の原理」とはこんなふうに、ついに実生活とは永遠に相入れないものであった。「食ふため」には容れられることのないものであった。ランボオの感性的陶酔とは、〈彼方〉の産物であり、空によってその位置は保たれていると中也は思ってみたかっただろう。行く道の分からなくなった道を、ヴエルレェヌ風の楽天主義によってつけることをランボオはしなかった。かつて小林秀雄は『人生斫断家アルチュル・ランボオ』のなかに「ヴェルレェヌは恐ろしく無意識の生活者であった。ランボオは恐ろしく意識的な生活者であった」と書きとめた。

もし中也の考えを小林秀雄のこの言葉にそわせるなら、ランボオは恐ろしく意識的な生活者でありえたがゆえに、生活とは相入れない「生の原型」としての表現の自立を手に入れていたということになる。だがじっさいの中也は、どちらかといえば無意識な生活者であるヴェルレェヌに酷似していた。「大事なのは告白する事だ」という小林秀雄の批評は、このあたりの事情をよく吟味している。ヴエルレェヌ風に抒情することが中也の資質に見合うものであった。小林秀雄は、「ヴェルレェヌは、穢れを抱いて一切の存在に属従する事によって無垢を守ったのか。ランボオには、無垢を抱いて全存在を蹂躪する事によって、無垢すら穢れと見えたのか」（前出、同）と書きとめた。この二つの対立は、そのまま中也の内面史を突くものでもありえたろう。私の考えでは、中也はモオツァルトがそうであったように、無垢すら穢れと見える方向をたどらねばならなかった。そう中也の姿が見えはじめたとき、小林秀雄は『モオツァルト』を書きあげた。中也が『ランボオ詩集』のあとがきを書いたのは、八月二十一日であった。死は旦夕（たんせき）にあった。それは遅すぎたというべきかも知れないが、晩年のあわただしい日々にかたちづくられた光彩はそれはそれで十分だったろうと私は思う。

長男文也の死はまぎれもなく実生活のなかにしかありえなかった。そこにあらわれた絶望は、ゆえにひとつの絶対であった。感情的価値とは中也を狂者にみたててしまうことだった。そして中也は、文也の死の経験によって得た暗い感情の端々によって、いままで経験したことのない長門峡の水の流れを自覚したのだった。『言葉なき歌』のなかの、〈あれ〉というぼんやりした表出が、阿武川の流れというはっきりした物象にとってかわるのは、そこに生まれ出た無垢がはじめて存在したからでもあった。『長門峡』は、中也の眼差しによってからめとられた一回性の風景でなくてはならない。〈酒酌みてありぬ〉は、すでに終ることのない永遠の相である。〈在りし日〉はかくて現在形を獲得し、〈在りし日〉に同化した〈現在〉のなかの、行為における永遠の相を浮きだたせている。『長門峡』は、中也の生涯の絶唱になったと私は考える。
『中原中也の思ひ出』のなかで小林秀雄は書きとめた。

中原が鎌倉に移り住んだのは、死ぬ年の冬であった。前年、子供をなくし、発狂状態に陥った事を、私は知人から聞いてゐたが、どんな具合に恢復し、どんな事情で鎌倉に来るやうになったか知らなかった。久しく殆ど絶交状態にあった彼は、突然現れたのである。私は、彼の気持ちなど忖度しなかった。私は、もうその頃心理学などに嫌気がさしてゐた。たゞさういふ成行きになったのだと思った。無論、私は自分の気持など信用する気にはならなかった。嫌悪と愛着の混淆、一體それは何んの事だ。私は中原との関係を一種の悪縁であったと思ってゐる。大学時代、初めて中原と会った当時、私は何もかも豫感してゐた様な気がしてならぬ。尤も、誰も、青年期の心に堪へた経験は、後になってからそんな風に思ひ出し度がるものだ。中原と会って間もなく、私は彼の情人に惚れ、三人の協力の下に（人間は憎み合ふ事によっても協力する）、奇怪な三角関係が出来上り、やがて彼女と私は同棲した。この忌はしい出来事が、私と中原との間を目茶々々にした。言ふまでもなく、中原に関する思ひ出は、この處を中心としなければならないのだが、悔恨の穴は、あんまり深くて暗いので、私は告白といふ才能も思ひ出といふ創作も信ずる気にはなれない。

ふたりが再会したとき、二人とも二人の過去と何んのかかわりもない女と結婚していて、共通の過去の悪夢は、その時から、また別の生を享けたようすであった、と小林秀雄は書いている。中也の家は寿福寺境内の小さい陰気な家であった。彼の家がそのままはいってしまうような凝灰石の大きな洞窟が、家とすれすれに口を開けていて、家のなかには、夏でも夏と思われぬ冷たい風が吹いていた。

小林秀雄の語り口は、過去からいっさい醒めている。長谷川泰子のことなど二度と思いだすのもいやなそぶりである。だが、このいまわしい出来事が私と中原とのあいだを目茶目茶にしたと書いたとき、小林秀雄のなかの思い出の凹凸は、中也にたいしてだけは奇妙な熱狂を感じさせるほど開かれている。ここでもなんども書いたように、モオツァルトを思わねばならない。しかし中也が家ぐるみ環境ぐるみの悲しみを背負いこんでいるのを見たとき、小林秀雄のなかでは、中也にとって過去がそのまま意識の周辺から中心部へ依然として渦巻状に環流しているのをみとめないわけには行かなかった。「言ひ様のない悲しみが果しなくあった」というのは、中也にとって過去こそがいっさいの原質となっているのを見たからである。

渓流

渓流(たにがわ)で冷やされたビールは、
青春のやうに悲しかった。
峰を仰いで僕は、
泣き入るやうに飲んだ。

ビショビショに濡れて、とれさうになってゐるレッテルも、
青春のやうに悲しかった。
しかしみんなは、「實にいい」とばかり云った。
僕も實は、さう云ったのだが。

濕った苔も泡立つ水も、
日陰も岩も悲しかった。
やがてみんなは飲む手をやめた。
ビールはまだ、渓流(たにがわ)の中で冷やされてゐた。

水を透かして瓶の肌へをみてゐると、
僕はもう、此の上歩きたいなぞとは思はなかった。
獨り失敬して、宿に行って、
女中さんと話しをした。

たとえばこのような詩は、小林秀雄にとってはまったく書く気さえおこさせないほど、深くて暗い穴にならなければならない心域であろう。しかし中也は歌った。いくらでも内から湧いてくるようにして詩が書けたと言ってもよいだろう。

『長門峡』で頂点に達した中也の、しかしこの詩は序々に肉体が衰弱していく過程の青春のルフランである。これは冒頭の手紙の「小説も批評も、もう読みたくはありません」にも通じる消滅の予兆を響かせる。

なにが青春のように悲しいのだろう、その逆もあるではないかと言ってみたいのだが、そんなことが中也に通用するはずがない。みんなは「實にいい」という。これはほんとうはモノローグであって虚の対話である。なにもかもが悲しいのだ。これは文也亡きあとの空虚が、もう耐えがたいところまでくり返しくり返しおよんでいることを物語っている。青春のように悲しいのではない。青春を悲しいところへ惹きつけねば、その折々の我が身が持たないのだ。中也にとって具体的な青春とは京都だった。当時マキノ・プロダクションの大部屋女優だった長谷川泰子と同棲し、ダダイストを名乗り、富永太郎と出会ったのも京都だった。京都というサブタイトルのついた『ゆきてかへらぬ』を、中也はつぎのように歌いだしている。

僕は此の世界の果てにゐた。陽は温暖に降り洒ぎ、風は花々揺ってゐた。

木橋の、埃りは終日、沈黙し、ポストは終日赫々と、風車を付けた乳母車、いつも樹上に停ってゐた。

なぜそこがこの世界の果てになるのかも、中也は語っているようで語らない。要するにそこはすでにこの世の果てなのだ、というのはくつがえすことのできない気分になっている。

木橋は鴨川にかかっていた（靴穿きで木橋を踏む淋しさ！）と富永太郎は歌った。ポストは夕陽を浴びて、風車のついた乳母車が置いたままになっていた。これらは京都の、下加茂の出町辺りに住んでいたころの、ありふれた風景を思いだしたものにちがいない。大事なのは、そこをこの世の果てと認識する、この詩を書いているときの詩意識であるだろう。私の考えではここで中也が思っていることは、彼が深くいとおしみかつ愛した自然（故郷）の内部へ、すこしは希望をもって生活した出立の原型ともなるべき京都の風景をそのまま運びこみたいのではないということである。まるでずっと遠いむかしから、これらの風景の佇まいがあったような叙述のしかたに、ひとまず注意を引いておきたい。経験的情況（私領土）という言葉があるとすれば、中也はそれをより根源的な対象へ接近させてしまおうとしているのだ。それがこのときの現実の感情なのだ。より内的に構成される秩序への意志とみてもよいだろう。自然に抱きとらせることによって、それもまた彼方〈とおいところ〉となるだろう。この詩がどこか、時間を絶たれた、遠近感を喪失したさみしい世界に受けとれるのは、先の〈青春のやうに悲しかった〉を前提にした、悲しみの量産に意識的に入っているからである。作品として、これが窮極完成の域に達するのは『一つのメルヘン』においてである。『ゆきてかへらぬ』も『一つのメルヘン』も昭和十一年秋に書かれた。前者は〈四季〉十一月号に、後者は「文藝汎論」十一月号に発表された。『一つのメルヘン』にもし、詩的に構成された抽象力があるとすれば、『ゆきてかへらぬ』はより具体的な世界である。しかし自然に与することによって、この風景も、やがては『一つのメルヘン』の世界へ収斂されざるを得なくなる。『一つのメルヘン』も、また『長門峡』と対極に置くことで成立している。さらさらというかぼそい水が、長門峡の深い水の流れとかわるときが文也の死であった。中也のなかの長い悲しみは、そこで満潮時に達したのであった。

一つのメルヘン

秋の夜は、はるかの彼方に、
小石ばかりの、河原があって、
それは陽に、さらさらと
さらさらと射してゐるのでありました。

陽といっても、まるで硅石か何かのやうで、
非常な個體（ママ）の粉末のやうで、
さればこそ、さらさらと
かすかな音をたててもゐるのでした。

さて小石の上に、今しも一つの蝶がとまり、
淡い、それでゐてくっきりした
影を落としてゐるのでした。

やがてその蝶がみえなくなると、いつのまにか、
今迄流れてもゐなかった川床に、水は
さらさらと、さらさらと流れてゐるのでありました……

詩集『在りし日の歌』は、「在りし日の朝」と「永訣の秋」の二つのパートに分かれている。『ゆきてかへらぬ』以下、昭和十一年秋以降の作品が後者のパートにあつめられた。文也が死んで、編集時における中也の態度が〈在りし日〉から〈永訣の秋〉へ、ここでも大きな内的な転機がおとづれていることを物語っている。同時に中也のなかの意識の流れが、具体的な生活からやってきた文也の死を契機にして、しだいに彼岸幻想にたかめられていく経過を告げている。『ゆきてかへらぬ』は、みずからのみずみずしい青春期を、〈在りし日〉に組み入れる中也の儀式であった。もう一度、『ゆきてかへらぬ』の終連を見とどけておく。

林の中には、世にも不思議な公園があつて、無気味な程にもにこやかな、女や子供、男達散歩してゐて、僕に分らぬ言語を話し、僕に分からぬ感情を、表情してゐた。
さてその空には銀色に、蜘蛛の巣が光り輝いてゐた。

中也のくわだてたことはこうだ。死児たちのいる〈良夜〉の世界へ、幻想は高なっている。〈僕には分らぬ言語を話し〉は異界のことではない。〈僕に分からぬ感情〉も異界のことではない。ここは悲しみが置いてきぼりをくう場所である。原風景を外的感覚から引き離そうとしているのである。中也の言葉でいおう。ここではいったんとり残されたのは中也自身であった。名辞の浮かぶ俗世間に中也は残されたのだった。人々は沈黙しつつあった。京都に恋慕しているのではないと中也はけんめいに思いたげである。ついに蜘蛛の巣の光り輝く空を見てしまう。『一つのメルヘン』に私たちが見るのは、ひとつは安らぎであると言ってよい。しかしその安らぎが、現実生活のどんなところからも得られないことは中也には先刻承知のことであった。(乱暴な言いかただが、私は「さて小石の上に、今しも一つの蝶がとまり」のなかに、昭和八年十二月、四谷区花園町に新居を構えたころの上野孝子との結婚生活を思ってみてもよい気がする。いかにも私小説的な読みかたで切ないが、それほど苦労なしに始まったあっけらかんとした結婚生活の雰囲気が、あるときには中也には謎のような福音にもみえたことだったろう)

この詩の特徴は、中也が方法的には彼岸造型へ、意識化された夢幻状態を生みだそうとしたことである。ここには宮澤賢治の宇宙的感覚が言葉のレベルで散乱するが、光があり、さらさらという弱い音があり、そしてかぼそい一つの蝶がただひとつの生命として影をおとしているという光景は、いわば窓をしめたこちらがわから窓をとおして外部の世界を見つめている光景である。終連は幻覚であり、いつのまにか風景は入れかわる。このさらさらという時間感覚が、見る核心にいたるためには、『長門峡』まで待たねばならなかった。ごく平凡な意味を蝶の心象に託しえたのは、やはり文也の存在であったと思うべきであろう。中也の肉体はこの時期、見えないところですこしづつむしばまれていたはずであった。文也に耽溺する中也のなかには、邪悪な中也をしのばせることはできない。しかしそこにある安らぎに、中也がいままで見たことのない、感じたことのない、ひとつの心域（ゆえにメルヘンと名づけられた）を見たことはほんとうであったろう。この詩に生活する中也の、折り折りの遺品をみてさしつかえないと私は思う。『一つのメルヘン』を持ったことで『長門峡』は、もう一つの重きメルヘンになるはずである。

小林秀雄が中也に最後に会ったのは死の数日前であった。彼は黙って、庭から書斎の縁先に入ってきた。黄ばんだ顔色と、子供っぽい身体に着た子供っぽいセルの鼠色、それから手足と足首に巻いた薄汚れた繃帯を、私は忘れることができないと書いている。

中也がはっきり死を意識していたかどうかは疑問であろう。冒頭の書簡にあるとおり、中也はこのとき故郷に引き上げることだけを考えている。さらに九月二十三日の日付のある『在りし日の歌』の後記にも、

　私は今、此の詩集の原稿を纒め、友人小林秀雄に托し、東京十三年間の生活に別れて、郷里に引籠るのである。別に新しい計畫があるのでもないが、いよいよ詩生活に沈潜しようと思ってゐる。
　扨（さて）、此の後どうなることか…それを思へば茫洋とする。
　さらば東京！　おゝわが青春！

無意識にはともかく、中也が死を意識していたとはやはり考えてはなるまいと思う。どこまで

もどこまでも死を吸いとり吸いとりつづけることで生をめざしていた。中也は生の人であったろう。

　中也が亡くなったのは、昭和十二年十月二十二日午前零時十分であった。病名は結核性脳膜炎。最後には結核菌が全身をおおっていた。「事変の騒ぎの中で、世間からも文壇からも顧みられず、何處かで鼠でも死ぬ様に死んだ」と、小林秀雄は書いた。〈文学界〉昭和十二年十二月号は「中原中也追悼」を組んでいる。そのなかの、青山二郎氏の『独り言』は、死にいたる状況をよくつたえている。

「ハイ病院に馳け付けた時は、もう中原ではなくて、脳膜炎でした。ざふきんの様に使ひ荒されて、遂に我が手に掛けられ打捨てられて仕舞った様な、今更はっと思ふやうな肉体が、置き忘れられた様に寝てゐました。これから『さよなら』をする迄に、何とかいい名前を付けなければならない。脳膜炎？　凝った名前をつけやがったな。……枕元には懐中手をして突立った、小林のしみじみと見下した姿があった。無口でぎょっとした連続みたいな、河上の顔があった。大岡、中村光夫の顔が二人の肩越しに見詰めてゐた。奥さんは胸の辺りをさすり、お母さんは手を取って指を揉んでゐた。その母親の指を煙草を吸ふやうに指に挟んで、口に持って行く、いまは悲しい中原中也の姿であった」。

　中也は死の床のなかで、母フクにたいして、「お母さん、僕は本当は親孝行だったんですよ。お母さんは幸福者ですよ、今にそれが分るときがきますよ」と、なんども言ったという。

やはりこの歌がふさわしいかも知れない。

汚れちまった悲しみに
いたいたしくも怖気(おじけ)づき
汚れちまった悲しみに
なすところもなく日は暮れる……

長男の運命

最近必要あって、宮沢賢治、中原中也、辻潤といった人たちの生涯を調べているうちに、どこかでわだかまったままになっていた、ひとつの感想がよみがえった。これは八年前、石川啄木ノートを書いたとき気づいて、以来、ずっとひきずっていたものだった。

啄木は明治四十一年六月二十九日の日記に書いている。「目をさますと、凄まじい雨、うつらうつらと枕の上で考へて、死にたくなつた。死といふ外に安けさを求める工夫はない様に思へる。生活の苦痛！　それも自分一人ならまだしも老いたる父は野辺地の居候、老いたる母と妻と子と妹は函館で友人の厄介！　ああ、自分は何とすればよいのか。今月もまた下宿料が払へぬではないか？」

この年、四月、啄木は釧路の記者生活をやめて、今度こそ、自分の文学的運命をとことんまでためす決心をして、家族を友人の宮崎郁雨の手にたくして、単身上京する。すぐ與謝野寛・晶子と再会、森鷗外宅の観潮楼歌会に出席、五月からは下宿にたてこもって、約一カ月のあいだに、五つの小説、のべ三百枚あまりを書きあげた。

しかし小説の売りこみはかばかしくなかった。たちまち創作生活はゆきづまった。あせりはつのり、たくわえもなにもなかったための困窮におちいった。歌はかなしい玩具になった。睡られぬ夜を過ごすために、一晩に百四十一首もの歌づくりをやったのもこのころだった。「父母のことを歌ふ歌約四十首、泣きながら」と、その日の日記は書きとめている。まさに四面楚歌の状態になっていた。このとき、啄木は二十三歳。今日の青年たちから見れば、まだなんでもない年ごろだったろう。

しかし、いま、私がここでかんがえたいのは、直接にはそんな啄木の困窮のことではない。父母や妻子を野辺地や友人の家に居候させ、その重圧に日々さいなまされながら、にもかかわらず、そのことを一刻も忘れないでひき受けつづけた啄木の内面の文学生活のことである。言葉をかえれば、父母をはじめ全家族を、どこまでも引きつれなければならなかった、啄木をとりまいた圧倒的な日常の現実と、その現実を宿命として受容して、けっして懐疑さえはさむことのなかった啄木の態度である。ゆえにもし父母の居るところを故郷とすれば、これほど過酷な望郷はありえない。啄木の望郷歌は、裏返しされた棄郷歌と読むべきであろう。たった一、二カ月のあいだに、なんとか文学生活を成り立たせるなんて、どんなに高く自分を見積っても、どだい無理だ！　その無理をしいることが、啄木の運命であった。のちに啄木は書いた。

「二十歳の時、私の境遇には非常な変動が起つた。郷里に帰るといふ事と結婚といふ事件と共に、何の財産なき一家の糊口の責任といふものが一時に私の上に落ちて来た。さうして私は、其変動に対して何の方針も定める事が出来なかつた。凡そ其後今日までに私の享けた苦痛といふものは、すべての空想家――責任に対する極度の卑怯者の、当然一度は享けねばならぬ性質のものであつた」（弓町より）

ここでも、一家の生活の責任という運命を受容する啄木の、激しい意志を読みとることができる。たしかに啄木は、その苦しみのなかから、やがて社会の総体的な矛盾にむけて眼差しを注ぎ、表現をすすめることができた。文学者の自分を、空想家と断罪していることは大切だろう。しかし私は、多少の誤解を覚悟しながら、もっとも生活が困難だったころの啄木に問いかけてみたい。啄木よ、あなたはなぜ、ほんとうに自分のやり遂げたいことのために、父母や妻子や兄弟を捨ててしまってもよいと、たった一度でいいから本気にかんがえなかったのか。

私はここに、近代の家族制度のなかにあった長男の運命を、あらためて思わねばならないと思う。とくに、明治の末期から大正期にかけて、ようやく台頭しはじめた、有識無産階級といわれる、下層の青年インテリゲンチャが背負った〈家〉の問題である。この一点に関するかぎり、宮沢賢治も、中原中也も、辻潤も、同じように重い苦労を背負っている。うす暗いじぶんの家の質屋の番台に坐っている賢治を思ってみるもよい。幼な児を抱いたまま、ダダイズムの講演台に立つ、風狂の人辻潤を思ってみるのもよい。

中也に「わが半生」という詩がある。昭和十一年、死の前年に書かれている。半生というより、まるごとの人生とかんがえてよいだろう。

私は随分苦労して来た。
それがどうして苦労であつたか、
語らふなぞとはつゆさえ思わぬ。
またその苦労が果して価値の
あつたものかなかつたものか
そんなことなぞ考へてもみぬ。

とにかく私は苦労して来た。
苦労して来たことであつた！
そして、今、此処、机の前の、
自分を見出すばつかりだ。
じつと手を出し眺めるほどの
ことしか私は出来ないのだ。

外では今宵、木の葉がそよぐ
はるかな気持の、春の宵だ。

そして私は、静かに死ぬる
坐つたまんまで、死んでゆくのだ。

＊

語ろうなどとはつゆさえ思わぬ苦労とは、それが長男に属するものだからである。一家の生活の責任をもたされることを、露ほども疑わなかった啄木の態度と同じである。

いますこし啄木の話をつづける。啄木はよく放浪の詩人といわれるが、かつて世捨て人になりえたような、中世的な放浪者の面影はどこにもなかった。芭蕉のような、求道的な旅人からも縁どおかった。「ころり往生」ということを言って、旅を死枕に心がけた山頭火のような虚無もなかった。

啄木が最初に上京したのは、明治三十五年十七歳のときである。その後、多少の屈折をへながら、〈明星〉派の新鋭として頭角をあらわし、内外の注目をあつめはじめたころ、父一禎の寺の住職罷免という問題にぶつかる。先に紹介した文にあったような、一家扶養の責任が二十歳の啄木の肩にのしかかったのである。明治三十九年渋民村に帰って、小学校の代用教員となる。俸給八円。「教育を職業として居る人であつたならば、これは或は恥かしい額であるかも知れぬが、自分はもとく詩人であるのだ」と、これも日記に書いている。そこを追われて函館へ。父は家出し、母は渋民村の知人の家に、妻子は盛岡の実家へ託した。一家離散。
啄木の一生はこんなふうに、はかない、かたつむりの一生であった。啄木の放浪は、啄木がたんに土地をもたなかったため、あるいは、土地に根づく生活手段を持たなかった（父の失職）ためにおこなわれたにすぎなかった。啄木の放蕩のことがよく言われる。しかし、「夜、書かうと思つても興がわかぬ。家へ金を送らなかつた事が心を責める。別にあるのを送らなかつたのではないが、母の心妻の心を思ふと、たまらなくなる。あゝ、予は」と、いうような自問自答風の日記を読むと胸が痛む。啄木はほんとうは定住の人であった。作品「家」を読むと、それがよくわかる。これも死の前年に書かれた。

今朝も、ふと、目のさめしとき
わが家と呼ぶべき家の欲しくなりて、
顔洗ふ間もそのことをそこはかとなく思ひしが、
つとめ先より一日の仕事を了つて帰り来て、
夕餉の後の茶を啜り、煙草をのめば、
むらさきの煙の味のなつかしさ、
はかなくもまたそのことのひよつと心に浮び来る——
はかなくもまたかなしくも。

啄木がついにささやかな家に住むことも、定住もなしえなかったのは、一途に長男の意識に徹底したからだったと思ってみるしかない。

中原中也は、父が死んだとき、帰郷しなかった。評判の悪い長男が、故郷に姿を見せるのが気がすすまなかったとか、いろいろなことが言われる。しかし、ほんとうは詩人として、東京でまだ高い地位を築いていなかったからである。中也は故郷に錦を飾らねばならなかった。中也もまた、長男からは自由でありえなかった。それだけに、弟恰三の死んだときの中也の嘆きは大きかった。恰三は中也の三番目の、五つ年下の弟で、中也の身代わりに家業の医院をつぐため勉強して、過労で倒れた。有名な、

ポロリ、ポロリと死んでゆく。
みんな別れてしまふのだ。
呼んだつて、帰らない。
　なにしろ、此の世とあの世とだから叶（かな）はない。

には、そんな中也の長男のかなしみがあふれている。

（山形新聞夕刊・一九八七年五月二十九・三十日）

邪悪な中也

大岡昇平氏に『揺籃』『朝の歌』『在りし日の朝』とつづく中原中也伝がある。この本の面白さは、著者が、評伝の対象の主人公を、圧倒的に知り抜いているところにある。つまり、いくら調べても見ることのできない、生活している生身の中也像が、生々とあらわれる。これは逆の意味では、そのような実際の人物を知っている著者が、なぜ評伝を書かねばならなかったかという問題がのこされることでもある。

大岡氏も、このことをよく了解している。まさにそのことを問うことから、この評伝を書きはじめた。そしてつぎのように書いた。

「私の疑問は次のように要約されるであろう。——中原の不幸は果たして人間という存在の根本的条件に根拠を持っているか。いい換えれば、人間は誰でも中原のように不幸にならなければならないものであるか。おそらく答えは否定的であろうが、それなら彼の不幸な詩が、今日これほど人々の共感を呼び醒すのは何故であるか。」

そして評伝の掉尾に、自分の戦争体験のなかの中也のことを書きつけた。ミンドロ島サンホセの宿舎で歩哨に立ち、とおい夕焼けを見つめながら、中也の「夕照」という詩を、かってない節をつけて歌ったという経験である。

丘々は、胸に手を当て
退けり。
落陽は、慈愛の色の
金のいろ。

破調のいちじるしい第二連は思いだせなかった。しかし氏は軍隊生活を、だいたいつぎの終連と同じ心意気で忍耐していた。

かかるをりしを剛直の、
さあれゆかしきあきらめよ
腕拱みながら歩み去る。

ここで私が書きたいのは、だがこの評伝のことではない。実際に中也を知っている人でなければできない経験を、氏がたしかに一緒に語っていることについてである。

「同時に昭和四年頃私がこの詩を褒めた時の、中原の意地悪そうな眼附を思い出した。『センチメンタルな奴』とその眼はいっていた。」

この意地悪そうな眼つきこそは、中也自身はけっして語らなかった、かけがえのない知る人の眼差しである。この中也の邪悪をめぐって、いますこし大岡氏の発言をつづける。

「彼の大きな眼は、不断は柔和な色をたたえているが、時として、特に何かを主張する時など、人間の眼がこんなに大きく円くなることができるものかと思われるほど見開かれる。白眼はなにか無機的な光を放って、対座する者をおびえさせることがあった。ことに晩年は齢に似合わず頬の皺が深く刻まれて、その白く粉を吹いたような顔色と共に、不吉な印象を与えた。」

大岡氏が中原中也にはじめて会ったのは、昭和三年三月で、小林秀雄をとおして知りあった。中也が二十歳、大岡氏は十九歳になったばかりだった。当時中也は、小林秀雄と長谷川泰子をはさんだ恋に破れて不遇をかこっていたころだった。翌年四月、同人雑誌「白痴群」を創刊する。二人のほか、河上徹太郎、古谷綱武、富永次郎ら七人が同人だった。そして中也は、「寒い夜の自我像」「修羅街輓歌」「夏」など、中期の重要な作品をこの雑誌に発表する。同人のうち大岡氏ら四人は、成城高校を出たばかりの坊ちゃんで、例外なく中也ファンだった。ずいぶん、酒や小遣いをみついだのに、安原喜弘をのぞいて、中也の天才に圧倒されて、逃げ腰になるのが気にいらず、つぎつぎと破門されていったと、大岡氏はしるしている。彼らが古谷をのぞいて、東京に家がありながら京都大学に入ったのも、一面では、中也の影響から逃げだしたい気持ちもあったとあるから、その内容は相当なものなのだろう。

中也ファンだけではなかった。中也に最初に大きな影響をあたえた詩人富永太郎も、その中也と、一緒であるはずの最中に友人に書き送った手紙に、「ダダイストとの厭悪に満ちた友情に淫して四十日を徒費した」と、書いているし、十八歳の中也にはじめて会った小林秀雄も「熟さない果実の不潔さ」を感じたと語っている。

邪悪な中也は、生粋の中也ファンにとっては少々ショックかもしれない。告白を基調とし、音楽的律動に包まれた緊密な中也の叙情世界は、それだけで哀しみの美ともいうべき。ひとつの固有世界を構成するものであった。でも私はここで思わねばならないと思う。ひとつの完成のためには、ひとつの犠牲もまたともなわねばならないのである。初期に中也があこがれた高橋新吉の詩のなかに、つぎのようなフレーズがある。〈一人のダダイストはどんなにくだらないつらい生活でも好い　死ぬのが厭だ　一呼吸でも永く生きて居たい　と遺書の中に書いてゐた〉（「断言はダダイスト」）たいせつなのは、どこでこの遺書の部分を分担するかということであろう。

*

中也は田舎者であった。おまけにろくすっぽ学校へも行かずに、いちずにおのれを過信することによって上京した。わずか十八歳で女をともない、いっぱしの大人の顔をして、詩人のつもりになった。ダダイストを名のったのもこのころであった。ここで富永太郎の紹介で小林秀雄と出会い、さらに河上徹太郎、大岡昇平らとまじわっている。中也をとりまいている状況を思わねばならない。ひとつは中也にとって東京とは、じつにずっしりとした、賢い若者たちの世界であった（彼らはのち、それぞれが日本の文化に大きな足跡をのこした）。それがよかったかわるかったかは別として、中也が肩をいからせながらも、相当面くらったことはまちがいあるまい。それを自覚することは、生活者としての劣等感に、懸命に耐えることでなければならなかった。土造の倉が、最新の煉瓦造りの建造物の前では、みすぼらしく見えてしまうように。見えること自体は錯覚であるが、錯覚はたしかに存在した。生きたいという遺書の二律背反はこんなふうに始まった。

そのあげくが、自分の女を、小林秀雄にうばわれることであったろう。中也は〈口惜しい人〉と、のち未発表の文のなかで自分を規定しているが、女にとっては東京に来て、煉瓦造りの建物の前で、原因不明のまま色あせていく中也を見たにすぎなかった。一枚の遺書が投げられたにすぎなかった。

さて、問題はここからである。私たちはこんにち、中也の恋愛詩が、恋愛をとじて何年もたってから書かれたことを知っている。（中也の恋愛は厳密にこの一回だけだった）言葉をかえれば、中也は失うことによって、失うもののかなしみの時間という、貴重な経験を手に入れたのである。告白することで、新しいかなしみをつくりだしえたのである。中也の恋愛詩のダイゴ味は、恋愛それ自体を主題にしなかったところにあった。失うことによって襲ってくる、くり返す波のようなかなしみと倦怠を、そのまま詩の主調音となしえたことにあった。

中也は劣等感に苦しむことによって、自分の内側にひそんでいる、かっちりひとつきりしかない故郷の存在に気づかされた。それこそは彼らにない、中也に固有のものであった。中也にとって故郷とは、土俗的なありのままの自然の、生きとし生きるもののぜんぶであった。この風景が狂暴な相を帯び、攻撃せよと命じた。近代とは、故郷喪失を確認することから始まった。中也の位置はまぎれもなく反照の位置をしめしていた。冒頭に掲げた「夕照」の終連は、中也のなかの土俗的な自然と、恋愛を失うことを契機に成り立った落魄感とが、文語律の抑制されたリズムのなかで、いかにたくみに、一体化するかをしめしていよう。

故郷は、後始末しなければならなくなった恋のあとでも、元手になった恋は故郷にくわえよと命じたのである。故郷の自己増殖とは、告白するごとに増すかなしみのことであった。大岡氏の問いにもどる。中原の不幸は果たして人間という存在の根本的条件に根拠を持っているか。それは中也のかくされた故郷の深みをつくことにつきる、と私は思う。大岡氏の本から教えられた。

証拠を出す。つぎの詩を見てほしい。それを先の、大岡氏が経験した、中也の不吉な眼の印象とくらべてほしい。

その小児は色白く、水草の青みに揺れた

その瞼は赤く、その眼は恐れてゐた。
その小児が急にナイフで自殺すれば、
美しい唐縮緬が跳び出すのであつた…

これは故郷であるが、邪悪な中也にかさなっている。中也は生活の隅々に見せた自分の荒みの顔を、ほんとうは知っていたのではあるまいか。

（山形新聞一九八七年七月三十一日、八月一日）

読み手の自由のなかの中也——「読んじゃったよ、中也！」考（講演録）

去年（二〇一七年）の秋、大会で報告者になれといわれて、「読んじゃったよ、中也！」というタイトルをあたえられて、いろいろ思案していると、実際に中也は思わぬところで「読んじゃったよ、中也」読みをされていることに気づかされた。

たとえば、戦後詩にあって、リアリズム系の尖兵と目された長谷川龍生なども、終戦の年の十七歳の秋、こつぜんと広島行きの貨車に乗って旅に出、広島に着いたがやり切れなくなってそのまま西に向かい、小郡（今の新山口駅）で山口線に乗り換えて、中原中也のいたほうへ行きたいな、と思ったと語っている。湯田の古本屋で、同じ山口出身の嘉村礒多の全集を見つけ、そこで「山口線仁保」という処女作を書いたと話はそれるが、小学校六年のとき、ランボオも中也訳で知ったとそのときの話を続けている。中也の何に引かれたかと詮索する前に、ここは読んじゃったよ、という衝動の要因を、中也の詩に見るほうが面白い。

そういえば、これも少々会報でも述べたことだが、もう三十年も前、矢立出版という小さな詩書の出版社が出していた「四次元実験工房」という、賢治研究を一つのメインにしていた季刊の雑誌に、六回、読み切り風の賢治ノートを書いたことがあった。その五回目を「中原中也の関心」という題にして、夜店でゾッキ本になって、わずか五銭で売られていた『春と修羅』を、中也があざとく見つけた、その柔軟な感受性について書いた。もともと雑誌に書いたあと、「賢治ノート」として一冊にまとめることが計画としてあったのだが、すると矢立さんが、中也ノートもしっかり書き下ろして加えたほうがいいといいはじめた。もともと私の本で賢治だけではおぼつかないと思ってのことだったろうが、結局はそれがきっかけで、五章立てで二百枚ほど書いて、『深層の抒情――宮澤賢治と中原中也』となって、私も中也論をもったことになった。「中也の詩、読んじゃいなよ！」という二十二回大会のテーマからすれば、まさに的を射た私の経験になった。このときは旧版の角川版全集をテキストに、文字通り中也漬けの日を続けた。

辻潤―高橋新吉―中也を結ぶライン

もっとも、今少しそのときの事情を話せば、その前に、辻潤の二度目の妻にあたる小島キヨの日記が、ひょんなことからその娘さんをとおして私の手元に届けられて、それを元に『辻潤への愛　小島キヨの生涯』（創樹社）というノン・フィクションを書いた。そこで、辻潤―高橋新吉―中也を結ぶラインが、私なりの視野に入っていたという事情があった。そこで思われたのが、中也と高橋新吉の詩集『ダダイスト新吉の詩』との出会いである。晩年になって書いた「詩的履歴書」にはこう記される。

大正十二年春、文学に耽りて落第す。京都立命館中学に転校す。生れて始めて両親を離れ、飛び立つ思ひなり、その秋の暮、寒い夜に丸太町橋際の古本屋で「ダダイスト新吉の詩」を読む。中の数篇に感激。

中也十六歳の秋であった。したしい友人といえば、いっしょに編入試験を受けた中村吉朗という少年が一人きり。中也は『神曲』を愛読していて、この中村少年に文学書を貸したり詩を書くようすすめたり、自作の詩二十篇ほど記したノートを渡したりする一方で、変装してカフェに出かけたり放蕩もして、またいじめにあい上級生になぐられることもあったというから、小柄で田舎出ながら負けん気のつよい、意地っ張りな少年を思ってみるのもよいだろう。『ダダイスト新吉の詩』を読むのは、そんな状態のなかで、冨倉徳次郎、正岡忠三郎に富永太郎ともまだ会っていない。その点では何の予備知識もなく、まるごと自分の感性だけで魅せられることになる。こうしてみると、賢治の『春と修羅』のばあいといい、それに先立って『ダダイスト新吉の詩』のばあいといい、中也のほうが負けずおとらず、好奇心のおもむくところ、「読んじゃったよ、」という、読み手としての鋭い感性の持ち主だったことになる。言葉をかえれば批評の持ち主だったことになる。

ついでながら、この『ダダイスト新吉の詩』の成立事情についても少々のべておくと、新吉がみずからダダイストと名乗ったのは、この詩集刊行に先立つ三年前、まだ十九歳だった一九二〇年（大正九）八月、たまたま「萬朝報」の文芸欄で、第一次世界大戦の頃、スイスのチューリッヒではじまった、トリスタン・ツァラを中心とする若い芸術家たちの、既成の文学・芸術概念にたいする破壊をかかげた芸術運動を、「『享楽主義の最新芸術』——戦後に歓迎されつつあるダダイズム」と「ダダイズムの一面観」という二つの見出しで紹介した記事に、大きな衝撃を受けたことにはじまった。

そこは大正デモクラシーと喧噪の渦巻くこの時代固有の面白いところで、新吉のばあいも、その直後には生活にも行き詰まって、いったん郷里の八幡浜に帰り、まちなかからは三里ほども離れた山上の僧院真言宗の金山出石寺の小僧となり、半年ほどして徴兵検査を受けたあと退山して、三度目の上京をして自炊生活をしながら、その年の暮れ、ガリ版刷りの詩集『まくはうり詩集』を六十冊ほどつくって辻潤を訪ねる。辻潤は当時、「万物は俺にとって無だ」に要約される、十九世紀ドイツの哲学者マックス・スチルネルの『自我狂』（唯一者とその所有）の訳などをとおして、虚無主義の代表的な知識人であった。その翌年から新吉は、「皿」「ダダの詩三つ」など、詩集にあって代表的な作品を書きはじめる。この新吉の「萬朝報」からのダダ把握を、ここは詩人自身に語らせておこう。

スイスのチュリッッヒには、第一次大戦の頃、レーニンも亡命していた。ツァラは本名はS・ローゼンストックで、大学で、哲学を研究した。ダダはフランス語ではおもちゃの木馬で、ルーマニヤ語では、フランス語のウイの意味だという。だから、一切を否定し破壊したところから、凡てを肯定する積極性が、ダダにはあるのである。南無阿弥陀仏というのと、似ている言葉だと私は思っている。

私が万朝報のダダイズムの記事で、一番強く、衝撃を受けたのは、パリーの詩人たちが、字を逆さに書いたり、文字を、絵画のように羅列しているという事だった。時計の文字盤の数字のように、丸く活字をならべて、時計の詩を書いている点だった。(「ダガバジジンギヂ物語」)

ここは戦後になって、とうにダダイズムを放棄したあとの回想文であるから、最初に受けただろう衝迫力が伝わらないのは斟酌せねばなるまい。いずれにせよ、今日の目から見れば、ダダイズムはやがてはシュールレアリズムに回収される運動であった。その点、「萬朝報」の紹介記事も、第一次大戦後のヨーロッパ社会にあって起きてきたフォーヴィズム、キュービズム、表現主義ら、アヴァンギャルドのさまざまな動きにたいする視点が同時に働いており、享楽主義という見出しも、そこからつけられたにちがいなかった。海の向こうのブルジョア青年たちの珍奇な芸術ごっこという程度の認識が記者の目だったかも知れない。逆の見方をすれば、そここそが、この時代の典型的なアウトローであった一青年、詩に関心をもつ高橋新吉の目のつけどころともなった。この時代は、体制の秩序からはみ出した、知的放浪者ともいうべき青年たちがいっぱい巷に溢れた時代であり、新吉もそのひとりだったが、そこで飢えた狼が獲物にやっとありついたように、ダダイズムの破天荒に吸い寄せられた存在といってよかった。そこで生かじりの仏教観と、伝統のしがらみのなかにある歌のフォームや、和漢洋折衷の当時の象徴詩に倦んでいた感性が飛びついたのである。新吉が紹介記事のなかで、とくに印象深く思ったのは、「世界観は単語の交雑である」というゼルネルの発言だったというのも、裏付けになる。

そこへぽっと出の田舎から出てきたばかりの文学少年が憑かれたのである。「中の数篇に感激」とあるが、おそらく冒頭に置かれたダダ・マニフェストともいうべき「断言はダダイスト」だったろう。ほぼ理念を語っている導入部だけ掲げておく。

ＤＡＤＡは一切を断言し否定する。
無限とか無とか、それはタバコとかコシマキとか単語とかと同音に響く。
想像に湧く一切のものは実在するのである。
一切の過去は納豆の未来に包含されてゐる。
人間の及ばない想像を、石や鰯の頭に依つて想像し得ると、杓子も猫も想像する。

ＤＡＤＡは一切のものに自我を見る。

空気の振動にも、細菌の憎悪にも、自我と云ふ言葉の匂ひにも自我を見るのである。

一切は不二だ。仏陀の諦観から、一切は一切だと云ふ言草が出る。

一切のものに一切を見るのである。

断言は一切である。


宇宙は石鹼だ。石鹼はズボンだ。

一切は可能だ。

扇子に貼り付けてあるクライストに、心太がラブレターを書いた。

一切合財ホントーである。

凡そ断言し得られない事柄を、想像する事が喫煙しない Mr. God に可能であらうか。


ごらんの通りである。注釈はいるまい。中也はまちがいなく読んじゃったに違いなかった。受け皿になったのは、山口時代に培った短歌の素養だったろう。佐々木幹郎は近著『中原中也　沈黙の音楽』（岩波新書）のなかで、大正という時代は「天才」という言葉が異常に流行した時期であった、とユニークな見解を示したあとで、すべての作品は、読者に「我がこと」のように読まれたとき、真価を発揮する。人間は自らを「天才」と思い込んだとき、他の「天才」と波長を合わせようとする。そこでは「天才」を求める自分自身のイメージに魅惑されることが第一であり、そのような自分自身のイメージに鮮明な輪郭を与えたいという野生的な願望がある。だから、「天才」の生き方のスタイルをまず「我がこと」とする。それが、大正という時代がもたらした「天才」主義の特徴であった、と言ってもいい。この時期の中原中也は、時代の新しい波長と共鳴しようとする、青春前期の野生児そのものであった。

と、のべている。このばあい、中也にとって島田清次郎が、「我がこと」の対象になっているが、京都に来て、この野生児が高橋新吉に反応したのだった。

この中也が、みずからのダダを放棄したと告げたのは、一九二七年（昭和二）九月六日の日記のなかだった。新吉のほうは、中也に先立って、その三年前に韓国旅行に出た折、玄界灘を渡る船の上からダダを投げ捨てたと語っている。中也のこの日の日記は簡潔だが、なかなか含蓄がある。ダダは一番肯定したがしまいに放棄した、と書きつけたうえで、「死ぬまで肯定する時、ダダは『概念をチラス』ことになる。何故といつて、放棄は思索（夢）が方法的帰結を齎らさないからのことであり、方法的帰結の出ないことを感じさせられる時が人間に於て概念の散る直ぐ前の瞬間だから。／即ち私に於ては概念とはアプリオリが空間に一個形として在ることを意味する。

（正しい活動だけが概念でない。）」と、自分にいい聞かせるように書きくわえている。とはいうものの、中也の散文には私はいつも悩まされて、私自身は、中也は散文には適さなかったと勝手にきめ込んでいるが、ここは既成秩序の一切に対して否（ノン）を発する反面、「ＤＡＤＡ位卑屈なものはない　猛烈な争闘心を腰にブラ下げてゐるから瞬時も絶え間なく彼は爆発し粉砕し破壊しつづける」というような、せっかちなばかりのダダへの断言肯定命題型の続出、つまりは方法論をもたないことへの不安を表白させたものと解釈していいだろう。先にのべたとおりこの時代は体制の秩序からはみ出した青年たちが、巷に溢れた時代であり、高橋新吉もまた若くして上京と帰郷をくり返し、ときには野宿も厭わない生活を強いられたひとりであるが、彼らをバックボーンにした共感にたいして、中也にとってはそこで、理念ばかりが威勢よく先行して、方法論（表現論）がまったく語れないことが、高橋新吉への直言をとおしての表白になったと解釈していいだろうと思う。

ちなみに日本の仏教思想には、中世以来一貫した本覚思想の流れがある。自然存在である草木も、人間やその他の衆生と同様に仏になることができるという思想で、ここで「ＤＡＤＡは一切のものに自我を見る」を「草木は既に生住異滅の四相を具す」と、平安中期の僧良源の言葉に置き換えれば、そのまま通ってしまう。高橋新吉は禅的超越と、逸脱のコースをたどることで、みずからのダダ放棄にいたったといわれるが、もしそのとおりであれば、もともと舶来品のダダなどに共鳴することなどいらなかったのである。この点、中也は、富永太郎や小林秀雄らとの接点のなかで、ランボオやヴェルレーヌの詩法にふれ、みずからチェックをかけ、「我がこと」である高橋新吉に直接語りかけることを求めたのであろう。

いずれにせよ、この日記の五日のちには辻潤を訪ね、そのあと十五日には、「僕は貴兄の好きな無名の者です。僕は貴兄を結果的にといふよりも過程的に見て大好きなのです。二三日前初めて辻氏を訪ねたら貴兄に手紙を出してみるがいゝといはれたので、手紙を書かうとしたのですが、手紙つて奴が僕には六ヶ敷いから、過日書いた貴兄についての論文（？）を送ることにします。」という手紙に、「高橋新吉論」を同封して送り、翌月七日に、新吉の下宿していた牛込の吉春館を訪ねている。ダダ放棄と関係なく、少くともこの時点までは中也にとって高橋新吉は「我がこと」であった。この論文というよりは短い覚え書き風の文のなかで、中也は率直に人物論を展開している。

彼には自分を詩人だと思ふだけでは安心出来ないものがある。併しそれは彼の夢想が余りにありの儘（まま）の現実を扱ひ得るからで、夢想がかくも現実的であるといふ点で、高橋新吉は人類中非常に特異なものなのだ、けれどもこのことが彼の詩を却々（なかなか）整つたものとさせない重要な原因なのだ。

普通に詩が整つてゐるといふことは、伝統に頼ることから得られるやうだが、高橋新吉は純粋な良心家で、伝統に頼る事は彼からは堕落としか思へない。彼には歴史も宗教もほんの時間的部分的なものに過ぎない。勿論人間は全的には何も支配することは出来ないことは彼も知つてゐるのだが、けれども彼が生きるとして、時間的なものに不満であるのは自然の勢ひだ。

さらに「彼の欠点」という小見出しをつけ、そこでは、彼はヒュマニティから出発したことは明らかだが、彼のように一切を演繹することのできる人は、ヒュマニティの実質を見失い易い恐れがあり、実際にそれを失っているとのべ、「それを扱ふ動力は私的感情」だから、彼は考えたあとでは「「個人としての実践」をすればよいのだ」とのべている。ここにいたって、ダダの叩き売りはいいよ、と告げているようにも思える。ついでながら、中也訪問に先立って一年前に刊行された高橋新吉の第二詩集『祇園祭り』（大正十五年三月）の冒頭は「あゝ鯖になりたや」という題のこんな詩だ。

私の父は何時も鶯のやうな声を出す
耳の付け根から首の辺りは　肥料にする鰊そつくりだ。
小さな雀程しかない頭をした私を
父は一度鶏の卵の白味に包んで
孵化させようとする。

あゝ鯖になりたや

中也はこの詩集もすでに読んでいて、そのうえで、高橋新吉とじかに話したいと思ったのではあるまいかと私は思う。

身一点に感じられれば

と、高橋新吉との関わりばかり、長々と書いてきた。ここで、中也の語法におけるダダ享受の作品として、顕著な例として「サーカス」や「逝く夏の歌」があげられようが、生涯消えたわけではないから、これ以上の言及は今は省く。逆に、私的感情とか一個人としての実践と、新吉にたいし中也が語ったことから、どうしても避けがたく思われてくるのが、中也が亡くなって十二年も過ぎた戦後になってから書いた小林秀雄の「中原中也の思ひ出」のなかの、掉尾の発言である。「大事なのは告白する事だ」とのべたあとの、「告白するとは、新しい悲しみを作り出す事に他ならなかつたのである」というとき、となると、中也は、作品行為をめぐって、徹底して自己の内なる経験世界の自己増殖からのみで詩を書いてきたか、という問いが起きてくる。

卑近な例をあげておこう。芥川龍之介がベロナールとジャールの致死量を飲んで自殺をしたのは、この「高橋新吉論」を書いた年の七月二十四日未明のことであった。その衝撃は凄まじく、当時の文壇・論壇だけでなく、新聞各社も大々的に取りあげ報じた。なかでも、その遺言「或旧友へ送る手記」のなかに、その動機として、「何か僕の将来に対する唯ぼんやりした不安」とあったことは、そのまま、時代にたいする不安として人びとの心をとらえた。井上良雄の「芥川龍之介と志賀直哉」の「芥川氏の自殺は、いかなる自然死よりも自然なものとわれわれには思はれた。芥川氏の死がいかにも自然なものと思はれるこの事実に、われわれは愕然としたのだ。死がいかに堪へ難くわれわれの身近に逼つてゐるかといふことを、明瞭に知つたのはこの時である」を証言として紹介しておこう。しかし、中也の書いたものには反応は片鱗もうかがえない。

七月二十四日（日曜）
要するに真実とは、全てのことがその各々の持場に着くことである。

中也の外部世界、外部現実にたいする無関心はここまで徹底している。といって、読書記録を見るかぎり、そんなことはない。読書記録一覧から、ここは同じ年のダダに関するところだけ抜き出してみよう。二月　大杉栄『正義を求むる心』、大杉栄・伊藤野枝『二人の革命家』、四月、スチルネル・辻潤訳『自我狂』、五月、高橋新吉『ダダ』、それに六月、芥川龍之介『点心』があり五分の一読む、と六月の読書にある。しかし、高橋新吉を除いて、そこから外部の現実につながることも、直接方法に影響をあたえられるということもなかった。

この点、中原中也という詩人は、どんなにささやかな生活体験・実体験をも、ことごとく最大値のリズム感覚・幻想世界に置き換えることのできた詩人であった。そこを私は、無意識的ではなく了解事項として、今のべた外部世界にたいする無関心とペアにしてとらえておきたい。象徴的なのが『山羊の歌』の最後に置かれた「いのちの声」であろう。その終行、「ゆふがた、空の下で、身一点に感じられれば、万事に於て文句はないのだ」は、鮮烈なマニフェストの要素をふくめてよく知られるところだが、私は第一連にある「僕は雨上りの曇つた空の下の鉄橋のやうに生きてゐる」に、冷や汗の出るような戦慄をおぼえる。鉄橋はもし列車が通らなければ荒廃したただの無機物に過ぎない。にもかかわらず、詩人は身動きもせぬままに風景を抱えてじっとしている。身一点は、そこでは鉄橋とイコールになる。中也の幻想性は、ここでは面積のない位置だけのなかに、すべての自己を証だてるものとなる。日記のなかから確かめておこう。一九二七年にこだわって、

「生活が終る所に、／芸術があります。／生活を、しなければなりません、芸術家諸子よ。」
（二月二十二日）

「私は全生活をしたので（一才より十六才に至る）私の考へたことはそれを表はす表現上の

真理についてのみであつた、謂はば。（十七才より十九才に至る）そこで私は美学史の全段階を踏査した、実に。／かくて私は自らを全部解放されたやうな風になり行つた。私はじつに味のない、長々しい時間を過すやうになつた。」（四月四日）

「普通に、リアリスチックな文学修業者は読書する。／私は、私がリアリスチックな状態にある時は却て読書しない。」（八月一日）

何が生活なのか、何が孤独なのか、明らかになる素材がそこに語られているわけではない。高橋新吉にこだわった以上、私はここは一九二七年に限定しているが、ここにいたるまでに、長谷川泰子とのゆいいつとなった恋が終わり、その一方で、富永太郎、小林秀雄ら仏文系の文学者との交友がはじまり、詩集『山羊の歌』所載の「初期詩篇」「少年時」の作品等もすでに書かれ、詩集出版の企画もあったと伝えられる。その一方で、中也は、山口の湯田温泉に医者の家の長男に生まれ、母福もお茶（表千家流）にうちこみ歌を詠む教養人で、ごくふつうの意味で、不幸とはまったく無縁であった。そこでは白秋の『思ひ出』、光太郎の『智恵子抄』、立原道造の『萱草に寄す』のような、強力な主題を支える存在の関係性から余儀なくされるという環境は、持ちうべくもなかった。ここで浮かびあがるのが、先にも引いた、小林秀雄の『中原中也の思ひ出』である。

彼の詩は、彼の生活に密着してゐた、痛ましい程。笑はうとして彼の笑ひが歪んだそのまゝの形で、歌はうとして詩は歪んだ。これは詩人の創り出した調和ではない。中原は、言はば人生に衝突する様に、詩にも衝突した詩人であつた。彼は詩人といふより寧ろ告白者だ。彼はヴェルレエヌを愛してゐたが、ヴェルレエヌが、何を置いても先づ音楽をと希ふところを、告白を、と言つてゐた様に思はれる。彼は、詩の音楽性にも造型性にも無関心であつた。一つの言葉が、歴史的社会にあつて、詩人の技術を以つてしても、容易にはどうともならぬどんな色彩や重量を得て勝手に生きるか、こゝに自ら生れる詩人の言葉に関する知的構成の技術、彼は、そんなものに心を労しなかつた、労する暇がなかつた。大事なのは告白する事だ、詩を作る事ではない。

中也流悲しみの自己増殖

ここで語られる、詩の音楽性にも造型性にも無関心であったという発言は、佐々木幹郎の『中原中也　沈黙の音楽』にかえせば、オノマトペをふくむ丹念な推敲過程ということになる。話は前後するようだが、今、ふつうの意味で、不幸とはまったく無縁であったか、だからなかったということではない。長谷川泰子との愛と別れ、長男文也の死などは中也にとって掛け替えのない不幸の源泉であった。

　とくに二年と一か月で亡くした愛児については、精神のバランスを極度に狂わせ、精神病院入院までにいたっている。ただ、私はこれくらいのことはたいていの人にもふつうにあることで、ただ中也にとっては、そこで告白することになり、小林秀雄にしたがえば、イコール詩になったのであろうと思う。

　そういえば私はずっと以前、長男の運命と題していくつかの文を書いたことがあった。啄木のばあい、朔太郎のばあい、中也のばあい、明治大正昭和初期をつらぬいて、まこと長男は当時の家族制度のうちにあって、制度としての重荷を背負わされた。その点、朔太郎と中也は共に医者の家の長男に生まれ、共に落ちこぼれになって、それは生涯作品のうちの暗い翳の部分を負った。

　詩を書く以外にどういう生き方があるのか、まったく理解の外に置いた詩人の像が、ここで清明な無垢像として浮かびあがってくるが、少年期の短歌（ここには啄木の影響がつよい）を基点に、それだけに日本の伝統詩歌のもつ音数律から小歌調、文語律と口語律の併用など、あらゆる手法が混淆してあらわれ、そこにダダ的発想（あらゆる既成の秩序からの解放）による独特なオノマトペの使用と、このオノマトペの醸し出す、たとえば「サーカス」に見られる「ゆあーん　ゆよーん　ゆやゆよん」という緩慢なくり返し、「冬の雨の夜」「aé ao, aé ao, éo, aéo éo!」の雨音、「冬の長門峡」終連の一字アケとダッシュの用法などが、いつのまにか倦怠と虚無、人生厭悪の中也色をにじませることになる。といって、それらが、心のおもむくままの自動記述風に展開されたものでないことは、先に引いた佐々木幹郎の中也論がたどる推敲の過程をみれば、「朝の歌」一篇に七年も手をかけるなど、まさに中也は詩を書くことで労働しているさまが刻々伝わってくる。そこから、中也の詩は、新しい悲しみをつぎつぎ生み出すことになった。そこでは詩そのものが「我がこと」であった。

時間がたつにつれ、高橋新吉経由のダダが、さらに富永太郎や小林秀雄を知ることによって、ランボオやヴェルレーヌなどが積算され、まったく外界との接点を欠いたまま、最少の経験的不幸をとおして、中也的な挫折や倦怠感が表出されることになる。その間にあって、私が注意を喚起しておきたいのは、一九二七年十二月十一日の「余はベルグソンを尊敬する者なり」と、一九三五年十一月の「オブローモフ」を五日間で三部まで読んだという日記である。このゴンチャロフの長編小説は、どのような外部世界の事件も障碍も、ネヴァ河にかかっていた揚げ橋の揚げられていたために、恋人のオリガとオブローモフのあいびきが中止になったことを除いて、この小説では描かれず、どこまでもオブローモフの怠惰と無関心がモティーフになっていることで、私たちに知られるが、中也は十一月の十日の日記には「オブローモフ全部読了。面白かつた。少しづつ毎日働いてゐなければ不可ないと思つた」と書き記す。ここで働くとは、そのまま読むことを指しているといってもよいと思う。ともあれ、こうして中也は、みずからの生活体験よりなるわずかの不幸を糧に、悲しみを自己増殖させていった。叙事性の欠如という近代詩人の毒を十分に飲んで、どこまでも悲しみを普遍化させる抒情詩を書いていった。

中也が亡くなったのは一九三七年（昭和十二）十月二十二日の真夜中であった。病名は結核性脳膜炎。最後には結核菌が全身を覆っていた。「事変の騒ぎの中で、世間からも文壇からも顧みられず、何処かで鼠でも死ぬ様に死んだ」（「手帖」第一六号・一九三七年十二月号）と小林秀雄は書き、青山二郎は、「ハイ病院に馳け付けた時は、もう中原ではなくて、脳膜炎でした。ざうきんの様に使ひ荒されて、遂に我が手に掛けられ打捨てられて仕舞つた様な、今更はつと思ふやうな肉体が、置き忘れられた様に寝てゐました」（「文学界」一九三七年十二月号）と、最後の状況を記した。

中也として軍服を着た青年

だが、私はここで、ここまで孤に徹して、内面化された生活の内からのみ、作品行為を積み重ねてきた中也にとって、あとは旧作をまとめることで幕引きにすると、最後の最後思っていたろうか。手元に今、戦後の一九八一年（昭和五十六）八月に刊行された『戦争と詩人——天逝の宮野尾文平』（蜘蛛出版社）の一冊がある。著者の花木正和は当時、神戸の松蔭女子学院の教授。版元も神戸の君本昌久のやっていた小さな出版社で地味な本である。直接には旧制三高文科出身で、一九四五年（昭和二十）三月特攻隊員として沖縄で戦死した宮野尾文平の遺稿集を、文芸部員として無二の親友だった花木正和がまとめたもので、ここは宮野尾の最後の一日を花木の語り口のままで聞いておこう。

昭和十九年の十月のある朝、軍服姿の宮野尾が、忽然と私の下宿にあらわれた。彼がどこからやって来て、どういう事情で京都に立ち寄ったのか。彼は語らず、私はあえて問わなかった。その最後となった一日について、以来二十五年、私は私の記憶を補強していない。ただ、当時ほとんど一軒だけ残っていた行きつけの喫茶店へつれていったことを思い出す。薄暗い片隅のボックスで、砂糖のない紅茶をなめながら、私は誰かから借りて筆写していた『山羊の歌』の詩篇を彼に見せた。幹候兵の軍服姿の宮野尾は、それらの詩を、オアシスにめぐりあった旅人のように目をかがやかせてむさぼり読んだ。そしてその中の「夏」という詩を、その折から店内に鳴り響いたチャイコフスキーの「悲愴」の第二楽章になぞらえたりした。その日、京都駅で別れた。私の心は、私たちがどうして別れなければならないか。それをどうしても納得したがらず、そしてその事を口にした。その時の宮野尾の悲しげな、つらそうな顔を、忘れることは不可能だろう。私はこどもであった。

まさに「読んじゃったよ、中也」を地で行くようなシーンではあるまいか。ねずみでも死ぬように誰にもかえりみられず死んだはずの中也が、少なくともここではひとりの感受性豊かな若者の、人生最後の自由な一日のすべてを、中也と心通わせる友人と語りあうことで過ごそうとしている。花木正和の回想も簡潔ななかに、店内での生々とむさぼり読んでいる宮野尾と、京都駅での悲しげなつらそうな顔を対比させて、人であることの緊迫感にあふれている。「夏」は一九二九年（昭和四）八月の作。『山羊の歌』では「少年時」に収められ、泰子との苦しい恋愛の過程から生まれた作品のひとつである。

血を吐くやうな　倦（もの）うさ、たゆけさ
今日の日も畑に陽は照り、麦に陽は照り
睡るがやうな悲しさに、み空をとほく
血を吐くやうな倦うさ、たゆけさ

空は燃え、畑はつづき
雲浮び、眩（まぶ）しく光り
今日の日も陽は炎（も）ゆる、地は睡る
血を吐くやうなせつなさに。

嵐のやうな心の歴史は
終焉（をは）つてしまつたもののやうに

そこから繰(たぐ)れる一つの緒(いとぐち)もないもののやうに
燃ゆる日の彼方に睡る。

私は残る、亡骸(なきがら)として――
血を吐くやうなせつなさかなしさ。

書き写していて思ったのだが、京都駅で花木正和が見た悲しげなつらそうな顔とは、明日は確実な死を覚悟した青年にとって、ここで中也の詩と出会うことによって、突如甦った生への悶えといったものと解してよいだろう。そこを花木の過剰ととるのも自由だが、ここは今は魔的なものといっておくしかない。

花木正和はそのあとも回想を続けて、この最後の日にいたる前、まだ彼が在籍した頃に読むことのできた中也の詩は、詩集は手元になく、河出書房から出ていた詞華集『現代詩集』第一巻に収められた二十数篇と「文学界」掲載の数篇だけだったが、そのなかに「含羞(はぢらひ)――在りし日の歌」と「また来ん春……」が含まれていたことはたしかであるとのべ、宮野尾が下宿の黄色い畳のうえに腹匍いながら、「含羞」の末尾から二行目「あゝ！　過ぎし日の　仄(ほの)燃えあざやぐをりをりは」を垂涎の面持ちで嘆賞していたこと。「また来ん春……」の末尾の一行「立つて眺めてゐたつけが……」を、四条だか三条だかの賀茂川べりに立って、繰り返し呟いていた姿を伝えながら、「十八年十二月一日の入営時、彼はたぶん中原中也として軍服を着たつもり」であって、「実存主義 l'existentialisme という語の正当な意味において戦前唯一の実存詩人だった中原中也の詩だけが、およそ一年間の感受性磨滅の日々をくぐりぬけて、宮野尾の実存の奥処に生きのびていた」と語っている。

少なくとも、この宮野尾ひとりにあっては、中也の告白を源泉として内から湧いてきた言葉は、「読んじゃった」側の読み手の主体的自由のうちに、生としての倦怠としてみじかい生の日々にまっとうしたのである。

そういえば、私の中也体験として、堀田善衛の『若き日の詩人たちの肖像』を読んだときのときめきが忘れられない。一九六九年(昭和四十四)のことになる。そのなかの一こま、戦争期、教室からじかに拘引されて行って警視庁の地下室で殺されてしまった学友が、中也の「冬の長門峡」が大好きだったという一節である。いつも節をつけて朗誦しながら、「あゝ! ――そのやうな時もありき」の、「あゝ!」という叫びを、低くうめくようにつぶやいて、むしろつまらなさそうな口調で言い捨てたものであった、というくだりである。

実際に、私の中也への最初の接近は、このときであった。ここでもういちど、中也の「私は生活(対人)の中では、常に考へてゐるのだ。」(日記一九二七年十一月十三日)の一行を思い起こしておきたい。その答えはすべて作品のなかにあり、「中也、読んじゃった」に通じる気がする。

(於 山口/ホテルニュータナカ/二〇一七年九月二十三日、「中原中也研究」23号)

卒寿に立って

倉橋健一

昨年秋に刊行された『宮澤賢治——二度生まれの子』に続いて、この書は私にとって双生児といってよく、三十数年前、文字通り中也漬けになって、一年近くかかって書きおろしたエッセイであった。

執筆をすすめてくれたのは当時ユニークな出版で知られた矢立出版の矢立丈夫さんで、その後すぐ『深層の抒情——宮澤賢治と中原中也』という四六判三〇〇ページをこす一冊となったが、ちょっとした製本ミスのため発行後すぐ回収、そのままお蔵入りになってしまった一冊だった。この点についてはくわしくは『宮澤賢治』の折に書きとめたので、ここでは省く。

ただ今となっては、生地湯田温泉の中原中也館も出来る以前、中原中也の会も発足以前で、前世紀八〇年代の澱みのなかで、矢立さんに叱咤激励されての毎日で、この点ではあらためて矢立さんにお礼申しあげなくてはなるまい。

その上で一点だけ自注としてのべておきたいのは、矢立版の五篇に、今回はのちに書いた単発のエッセイ類から、山形新聞に掲載した二本のエッセイと、『中原中也研究』23号から「読み手の自由のなかの中也」をくわえたことである。後者はもともとは中也の会第22回大会で報告者として語ったもので、その折の表題は「読んじゃったよ、中也」だった。

というのも、この文、今回はあとがきのかわりとしても収めておきたいと思った。もともと私のなかには、詩にたいする普遍的な考えのひとつとして、読み手の自由ということが根抵的なものとしてあるからである。

たとえばここは俳句について語っていることだが、石原吉郎のつぎのような発言とも通底する。「僕らが一つの場面（この場合は詩作品そのものとかんがえてよいと思う。筆者注）に遭遇し強い関心を持つのは、それがかならず一つの物語をもつということのためである。そのような同時性に対する関心が成立するのは、その物語を自己と関わるものとして見るという実存的関心の故であって、作者と読者が真剣に結びつく箇所は、その一箇所を除いてはありえない。」

あるいは野沢啓のいう、言語そのものがもっている本質的隠喩性創造性にかさねてもよい。いうまでもなくそこでは読み手の想像力もまた要請されてくるからである。さらに、「もし〝花〟という言葉がなければ、花をどう語るのか」というマラルメの根源的な問いをかさねてもよい。誤解を覚悟でいえば中也の「『これが手だ』と、『手』といふ名辭を口にする前に感じてゐる手、その手が深く感じられてゐればよい」（「芸術論覚え書き」）をかさねてもよい。

この一点で私は、戦中の明日は希望を絶たれた時代の若者の中也体験に力を注ぎ、「読んじゃったよ」の核に、軍服を着た学徒を置いた。このこと自体、私の読書体験からえた自在な中也読みに属する。また中也の会でいっしょしている陶原葵さんに一文を依頼したのも、このよすがによる。いうまでもなく、そこには読み手を失いつつある今日の現代詩にたいする私自身の思いもかさなる。

野沢さんのこの未來社、おかげで吉本隆明、埴谷雄高から花田清輝、野間宏まで、私自身を育ててくれた書物につながることになった。

ついでながらあと十数日で私は卒寿を迎える。昭和九年生まれだから昭和に直せば今年は昭和九十九年。思えば戦中になって国民学校（小学校をこう呼んだ）一年生。戦後は六・三・三・四制実施にあって新制中学一年生と節目を歩んでここまで来た。

二〇二四・七・一七

［解説］極限に佇って湧きあがる言葉

陶原 葵

ここに一冊の本がある。一九九二（平成四）年七月二十日矢立出版刊、『深層の抒情――宮沢賢治と中原中也』。活版印刷、菊池信義装幀の一冊ながら、表紙と扉の書名が異なって刷り上がった数奇な運命の本である。この前半が「宮沢賢治論――二度生まれの子」として令和五（二〇二三）年十一月に「名著再発見」として再刊された。本書は後半の中原中也論に加筆し一冊とされたものである。製本の段階で問題が起こるというと、中原中也の『山羊の歌』を思い出さずにはいられない。この初めての詩集は昭和七（一九三二）年、四六倍判、念入りに七校ほども校正を取り、手動の印刷、手折り、と心を尽くしたにも関わらず製本資金がなくなり、刷り上がった本文のみが友人の安原喜弘に預けられたまま二年が経過、出版社も装幀も二転三転して、最終的に『宮沢賢治全集』と同じ文圃堂刊、高村光太郎装幀と決まったものの、出来上がった詩集は本が右開きであるにも関わらず箱に印刷された書名、作者名が左開きとして印刷された仕上がりになったのである。肝いりの詩集にしては大きなミスと思われるが、不思議なことに中原がこれについて言及した文章はない。難産のあまり、刊行できたことに安堵したのか、落胆のあまり言葉がなかったかは不明である。ともあれ倉橋さんの本書も三十年余りを経て『中原中也――その重きメルヘン』として読者の眼に触れることとなった。

中原中也関連書籍の刊行には大きな波がある。最大の波は何といってもそれまでの刊行物とは一線を画する詳しさの角川五巻本+別冊（昭和四十二～四十六〔一九六七～七一〕年）が完成したことだろう。研究の対象として読まれる基盤もここで整った。その後一九七〇年代は中原関連本、百花繚乱とも言うべき時で、ご遺族や長谷川泰子からの聞き書き、アルバム、生前の中原を知る人びと、中村稔、秋山駿ら詩人や文芸評論家による単行本が次々と出、そのころはまだ複数あった、詩や国文学関連の雑誌でも多く特集が組まれた。ちょうどそのころ中原について考えはじめていた私は、詩だけではわからない詩人の多面性に開眼させられ、追い立てられるように読みながら卒論、修論を書く、思えば時代に恵まれた読者だった。研究や理解の波が、情報が盛り込まれ更新される全集の刊行ごとに訪れるのは自然なこととしても、これに先立ち昭和二十九年から書き継がれていた大岡昇平の評伝が『中原中也』（昭和四十九〔一九七四〕年）にまとめられ、この詩人の言葉の不思議、特異の浸透力を知らしめたことも大きいだろう。第二次大戦で戦場に立哨中、夕焼けをみながら中原の「夕照」を口ずさんだ――生前は不仲でありながら命の極限において友人のその詩が、おのずと心に湧き上がった――それは中原の詩の持つ力としていまだに万人を震撼させ、倉橋さんの論のモチーフにもつながっている。

本書のはじめと終わりの章、また各所に、花木正和という、大変懐かしい先達研究者の名が登場する。花木は生前の中原を直接知ることなく論じ始めた最初の世代に当たる。しかしここで倉橋さんが注目するのはその所論ではない。花木の旧制三高時代の親友、宮野尾文平が戦地に飛び立つ前の一日を過ごした折、宮野尾が花木の持っていた中原の詩の写しを食い入るようにむさぼり読み、短い生涯の最後の糧としたというエピソードだ。若者が死を目前に生きなければならなかった時代、宮野尾を捉えた詩句は「血を吐くやうな倦(もの)うさ、たゆけさ」「あゝ！ 過ぎし日の仄燃えあざやぐをりをりは」「立つて眺めてゐたつけが……」――さらに宮野尾の先輩、平井啓之によると、三高の文芸部では「春と赤ン坊」が愛されたという。倉橋さんはさらに堀田善衛『若き日の詩人たちの肖像』の、教室から直に警視庁に連行され殺された思想犯の学友が「冬の長門峡」を好んだ話を忘れ得ぬものとする。中原の詩の、必ずしも「朝の歌」のような彫琢された代表作ではない詩が、社会情勢の中で若者たちが自らを慰撫するかたちで沁み込み息づいていた。倉橋さんの評論の着眼点、特徴はこのように、詩の言葉が在野の読み手にどのように浸透したかにある。矢立版の本の前半、宮沢賢治論においても、俳優、内田朝雄の、本業とは別の顔をもってする熱を帯びた賢治追跡、その凝り性についての忘れがたさがある。本書が初版から三十年後の再刊という時の流れに揺らがないのは、中原が短時間であっという間に読了した書物（例えばゴンチャロフの「オブローモフ」）に注目、小林秀雄や富永太郎らと切磋琢磨しつつ読んだボードレール、ヴェルレーヌ、モーツァルトやゲーテ等、時代的には古典ともいえる教養を置き、ときに背景に援用しつつ中也詩を解き明かす手法によるだろう。その奥行きによって、時代の青春群像が立体として立ち上がるのだ。また、「「朝の歌」へ」の章は、中原論の多くが素通りしがちなダダについての調査、考察が際立っている。倉橋さんはたまたま旧著と近い時期にダダイスト辻潤の妻、小島キヨについての情報を得て『辻潤への愛　小島キヨの生涯』（平成二〔一九九〇〕年）を著しており、中原の愛読した高橋新吉等、日本のダダイストについて、他に比肩を許さぬ詳しい追究がある。

本書に新たに加筆された章「長男の運命」には石川啄木や萩原朔太郎、宮澤賢治など、跡取息子として育った者に共通する屈託が書かれている。私事だが、私が中原の故郷、湯田温泉を何度目かに訪ねた時、中原家にほど近い「東京庵」という蕎麦店に入った（今は瑠璃光寺の近くに移転したらしい）。店内の鴨居にずらりと並ぶ歴代総理大臣の写真を見た時、また町角に張られた政治家のポスターが報道でよく知る面々ばかりであることに、この地における〈出世〉の特異さを見た気がした。この章で倉橋さんは中也が父の葬儀に帰郷しなかったことに触れ「詩人として東京でまだ高い地位を築いていなかったからである。中也は故郷に錦を飾らねばならなかった」とするが、東京で親がかりの得体のしれない生活をしている、長髪、異様な風体の長男の帰郷を、故郷が許さなかったというのが本当のところだろう。仮に中也が東京で高い文名を挙げていたとしても、この地の人々がそれを〈錦〉と感じただろうか。中也本人も弟たちがいたためもあろうが、呵責の念を押し殺して詩を優先し、とうに医家の長男の任を降りていた。「あゝ　おまへはなにをして来たのだ」――中也にとって故郷の監視は常に身心をさいなむものだった。

倉橋さんは、本書の冒頭に、「中原中也は散文の書けなかった人である」と述べている。それは倉橋さんの文脈では必ずしも不名誉なものではないが、確かに諸家において中原の評論の評判は高くない。短絡的でぎくしゃくと「心余りて言葉足らず」と思われるものが多いが、私は妙に真面目で神経質な日記（〈長男〉的要素は多分このあたりに現れている）、人懐かしさの滲む柔らかな文で書かれた書簡を、詩と同じように愛読、心中で反芻しつつ生きる者だ。かたや、中原がなぜか筐底に収めたまま破棄しなかった小説の習作「その頃の生活」には、今まであまりとりあげられていない、両親、養子縁組に依る母と二人の祖母との難しい関係や抑圧された私生活が描かれている。支配的な両親、三つ巴に口論する祖母、と生まな家族のありようが窺えるが、祖母は死の床、今際の際にまで中也を案じ「フランス、フランス」とつぶやいたというエピソードも残されている。散文に描かれたことは詩とは無関係ではあり得ず、それらを背景に置くと「帰郷」で、「心置なく泣かれよ」という故郷の「年増婦（としま）」の声は果たして長谷川泰子でありうるのか。また倉橋さんが好んで引用する「無題（疲れた魂と心の上に）」

疲れた魂と心の上に、
訪れる夜が良夜（あたらよ）であった……
そして額のはるか彼方に、

私を看守る小児があつた……

その小児は色白く、水草の青みに揺れた、
その瞼は赤く、その眼(まなこ)は恐れてゐた。
その小児が急にナイフで自殺すれば、
美しい唐縮緬が跳び出すのであつた！

しかし何事も起ることなく、
良夜の闇は潤んでゐた。
私は木の葉にとまつた一匹の昆蟲……
それなのに私の心は悲しみで一杯だつた。

額のつるつるした小さいお婆さんがゐた。
その慈愛は小川の春の小波だつた。
けれども時としてお婆さんは怒りを愉しむことがあつた。
そのお婆さんがいま死なうとしてるのであつた……

神様は遠くにゐた、
良夜の空気は動かなく、神様は遠くにゐた。
私はお婆さんの過ぎた日にあつたことをなるべく語らうとしてゐるのであつた、
私はお婆さんの過ぎた日にあつたことを、なるべく語らうとしてゐるのであつた……

（いかにお婆さん、怒りを愉しむことは好ましい！）

（一九二七・八・二九）

未発表ながら、非常に面白い作だ。日付も書かれており、この直前八月二十二日には母、フク宛「お金たしかに拝領しました。」「さあこれから郵便局に行つてそれから本屋に行きます、あゝ、本を買ふことは嬉しい！」。また推定八月末には「授業料正に受取ました。」「十月には試験です。大丈夫、御安心。」「この紙は好いでせう？　某文具店の店仕舞売出でロハ同様に買つて来ました。好い紙は全く気持のよいものです。皆んなからだ御大事に。」と、親がかりの息子の虫のいい書簡を送っており、このころ故郷の家族を思う時間をもっていたことを思わせる。倉橋さんが前出の詩の「小児」に邪悪な中也を、「額のつるつるした小さいお婆さん」に長谷川泰子を見るという独自の解は興味深いものだが、中原の詩に現れるすべての女性に長谷川泰子を見ることには異論も生じよう。私などは詩の背景を見るのに本人の散文の助けを借りてしまう。それにしても〈femme fatale〉長谷川泰子との関係は男性読者にとって、どこまでも動かし得ない永遠の憧れ(ロマン)と見える。

散文の中で「我が生活（私はほんとに）」は「口惜しき人」となったいきさつを書いた、よく引用されるもので、これをもって読者は小林秀雄と泰子との三角関係を知ることができるものの、「いよいよ私は、「口惜(くや)しき人」の生活記録にかゝる。」で、幸いにも中断されている。私はこの、〈私〉を語ろうとする要素が過剰に詩に浸潤していないことを心から喜ぶ者だ。中原が詩人として一流であり続けるのは、ワタクシゴトをみごとに濾過した場所に詩を書いているからだ。小林秀雄の言葉を借りれば「詩は詩といふ独立の世界を目指すが、小説は人生の意匠と妥協する」のであり、消化、昇華できない私事を描くのに詩を借りる必然はないからだ。

本書のもう一つの焦点は「昭和十年秋」から、本の副題でもある「その重きメルヘン」の章だろう。ここでは後期代表作をたどり「一つのメルヘン」の細い流れから「冬の長門峡」の、絶唱ともいえる壮大な流れへ、心境、意識の変化が詩句の流れと共に語られ、倉橋さんの〈中也読み〉のポエジーがあふれて美しい。「おそらく〈含羞〉とは、過ぎこしのきれぎれの日々の生活した全部にささげた中也の、考え抜かれたあげくのたった一言の思慕だったのではあるまいか」。この、第二詩集『在りし日の歌』巻頭におかれた詩「含羞　――在りし日の歌――」に、実人生の何事かを告白、要約しようとした究極の表現を見出す倉橋さんの慧眼は、詩語それぞれの持つ意味合いや分析を超えて、類を見ない。「ゆきてかへらぬ――京都――」は副題から、これも若き日を回顧しての作と思われるが、初出の「四季」掲載時の題は「ゆきてかへらぬ（未定稿）――京都――」であった。富永や泰子と過ごした時代の回想が辛く、書ききれないままに『在りし日の歌』に収めたとすれば、中断されたままの前出散文「我が生活」と同じ心理が背景にあろう。周囲に〈邪悪〉と言われつつも、ついに小林秀雄を長く羨望させる〈無垢〉を抱き続けた三十年の生涯。そこでの諸々が〈含羞〉の一語に集約されるという倉橋説を、ここでふたたび嚙みしめる。

平成に入り、より詳細な第四次『新編中原中也全集』（平成十二～十六〔二〇〇〇～二〇〇四〕年）が編まれ、資料はさらに整った。特に翻訳の巻は編集にフランス文学者の宇佐美斉氏が加わりそれまでと一線を画し、研究も多様化、さらに長く日本の近代詩研究を手掛けてきたイヴ・マリ・アリュー氏による仏訳詩集（フランス、フィリップ・ピキエ社）も刊行され、中原と仏文学についての基本資料が充実、〈ヴェルレーヌを好み、ランボーの翻訳にいち早く手を染めた日本の詩人〉として、フランス、パリ日本文化会館と、ランボーの故郷、シャルルヴィル・メジエール市立図書館で、中原を紹介するイベントも行われた。中原生誕百年（平成十九〔二〇〇七〕年）には関西で記念セミナーが開かれ、北川透氏、宇佐美斉氏の講演後、倉橋さんはシンポジウムの司会を務め、パネリストたちの新しい〈中也読み〉を仕切られている。本書は、先に述べたように倉橋さんの分厚い読書歴、教養に拠って立つものゆえ、時々の新発見資料や三十年の時の経過にも微動だにしないが、再刊に当たり新しく加えられた、特に最終章の「読み手の自由のなかの中也――「読んじゃったよ、中也！」考」は倉橋さんの〈中也読み〉の歴史が詳細に語られ圧巻である。

現在、アンソロジーの英訳も進行中であり、いよいよ世界文学の中に中原中也が置かれようとする息吹を感じるが、その一方にきな臭い世界情勢という現実がある。命の究極の場、戦地に向かう若者の心に中原の言葉がいかに響いたか、その深みにあるものは何であったかをライトモチーフとする本書の再刊は、まさに時機を得たものといえよう。中原の詩が二度と軍服を着ることのないよう願いつつ、ここに拙文を寄せる機会をくださった感謝と共に、ますます筆力旺盛な倉橋さんの卒寿をお祝い申し上げます。

二〇二四年八月十四日

〔著者略歴〕
倉橋健一（くらはし・けんいち）
1934年、京都市生まれ。詩人、評論家。『山河』『白鯨』を経て、現在は『イリプス』同人。長年、大阪にあって詩と評論活動を展開し、現在も文学私塾「ペラゴス」を主宰するかたわら、各地で講座をもつ。詩集に『寒い朝』『暗いエリナ』『化身』（地球賞）『失せる故郷』（歴程賞）、『無限抱擁』（現代詩人賞）、『倉橋健一詩集』（現代詩文庫）など、評論集に『未了性としての人間』『詩が円熟するとき――詩的60年代環流』『歌について――啄木と茂吉をめぐるノート』、『宮澤賢治――二度生まれの子』『倉橋健一選集』全6巻（澪標）、評伝、ノンフィクション『辻潤への愛――小島キヨの生涯』『工匠――31人のマエストロ』などがある。

[転換期を読む 34]
中原中也——その重きメルヘン

2024年10月25日　初版第一刷発行

本体2400円＋税——定価
©倉橋健一——著者
西谷能英——発行者

株式会社　未來社——発行所
東京都世田谷区船橋1－18－9
振替 00170-3-87385
電話(03)6432-6281
http://www.miraisha.co.jp/
Email:info@miraisha.co.jp
萩原印刷——印刷・製本

ISBN 978-4-624-93454-5 C0392

宮澤賢治
倉橋健一著

〔二度生まれの子〕みずからの存在と書くことの意識をめぐって切迫する賢治の「修羅」とはいかなるものか、妹トシの死をめぐる葛藤など、数多い賢治論のなかでも白眉の一冊。

二〇〇〇円

〔新版〕立原道造
郷原　宏著

〔抒情の逆説〕永遠の青年詩人・立原道造は近代詩史のなかでも燦然と輝く抒情詩の名手であるが、著者によるスリリングな解読は道造理解へのさらなる道を開く。立原論の決定版。

二四〇〇円

〔新版〕方法としての戦後詩
野沢啓著

戦後四〇年が経過した時点で書かれた本格的な詩史論。現代詩の原点への確認と再考をうながす戦後詩の綿密なフィールドワーク。大岡信氏推薦の力作評論。八重洋一郎氏＝解説。

二四〇〇円

思考することば
大岡信著

活動の初期において「ことば」そのものの創造性をめぐって本質的な問題点を提起した大岡の珠玉のことばへの洞察を集録して生前の大岡の問題意識を継承するコンパクトな一冊。

二四〇〇円

言語隠喩論
野沢啓著

さまざまな哲学的・思想的知見を渉猟しつつ、著者が詩を書くという実践をとおして言語の創造的本質である隠喩性を明らかにする。誰も試みたことのない詩人による実践的言語論。

二八〇〇円

詩的原理の再構築
野沢啓著

〔萩原朔太郎と吉本隆明を超えて〕『詩の原理』と『言語にとって美とはなにか』という近代詩以降の二大理論書を徹底的に読み解き、言語隠喩論的立場から根底的な批判を実践。

二八〇〇円

〔消費税別〕